O TÚMULO
DO FANATISMO

O TÚMULO
DO FANATISMO
Voltaire

Tradução
CLAUDIA BERLINER
Revisão da tradução
MÁRCIA VALÉRIA MARTINEZ DE AGUIAR

Martins Fontes
São Paulo 2006

Título do original francês:
*EXAMEN IMPORTANT DE MILORD BOLINGBROKE ou
LE TOMBEAU DU FANATISME.*
Copyright © 2005, Livraria Martins Fontes Editora Ltda.,
São Paulo, para a presente edição.

1ª edição 2006

Tradução
CLAUDIA BERLINER

Revisão da tradução
Márcia Valéria Martinez de Aguiar
Acompanhamento editorial
Maria Fernanda Alvares
Revisões gráficas
*Mauro de Barros
Renato da Rocha Carlos
Dinarte Zorzanelli da Silva*
Produção gráfica
Geraldo Alves
Paginação
Moacir Katsumi Matsusaki

Dados Internacionais de Catalogação na Publicação (CIP)
(Câmara Brasileira do Livro, SP, Brasil)

Voltaire, 1694-1778.
  O túmulo do fanatismo / Voltaire ; tradução Claudia Berliner ; revisão da tradução Márcia Valéria Martinez de Aguiar. – São Paulo : Martins Fontes, 2006. – (Voltaire vive)

  Título original: Examen important de Milord Bolingbroke, ou, Le tombeau du fanatisme.
  ISBN 85-336-2231-7

  1. Ensaios franceses 2. Fanatismo 3. Filosofia francesa 4. Voltaire, 1694-1778 – Crítica e interpretação I. Título. II. Série.

05-8626   CDD-844

Índices para catálogo sistemático:
1. Ensaios : Literatura francesa   844

Todos os direitos desta edição reservados à
Livraria Martins Fontes Editora Ltda.
*Rua Conselheiro Ramalho, 330 01325-000 São Paulo SP Brasil
Tel. (11) 3241.3677 Fax (11) 3101.1042
e-mail: info@martinsfontes.com.br http://www.martinsfontes.com.br*

Índice

Apresentação.. IX
Cronologia XIII

O TÚMULO DO FANATISMO

Advertência dos editores... 3
Prefácio 5
    I. Os livros de Moisés 9
   II. A pessoa de Moisés.. 12
  III. A divindade atribuída aos livros judeus....... 17
  IV. Quem é o autor do Pentateuco?.................... 19
   V. Que os judeus pegaram tudo das outras nações 23
  VI. O Gênesis... 26
 VII. Os costumes dos judeus................................ 28
VIII. Os costumes dos judeus sob seus melchim ou reizetes e sob seus pontífices, até a destruição de Jerusalém pelos romanos 32
  IX. Os profetas... 36
   X. A pessoa de Jesus.. 41
  XI. Que idéia devemos formar de Jesus e de seus discípulos... 51
 XII. O estabelecimento da seita cristã e particularmente de Paulo 53

XIII.	Os Evangelhos...	59
XIV.	Como os primeiros cristãos se comportaram com os romanos e como forjaram versos atribuídos às sibilas etc.	66
XV.	Como os cristãos se comportaram com os judeus. Sua explicação ridícula dos profetas	70
XVI.	As falsas citações e as falsas predições nos Evangelhos..	73
XVII.	O fim do mundo e a Nova Jerusalém..........	75
XVIII.	As alegorias...	77
XIX.	As falsificações e os livros supostos.............	79
XX.	As principais imposturas dos primeiros cristãos..	82
XXI.	Os dogmas e as metafísicas dos cristãos dos primeiros séculos. – Justino.........................	88
XII.	Tertuliano..	90
XXIII.	Clemente de Alexandria...............................	95
XXIV.	Ireneu..	98
XXV.	Orígenes e a Trindade..................................	100
XXVI.	Mártires...	106
XXVII.	Milagres	115
XXVIII.	Os cristãos de Diocleciano a Constantino....	119
XXIX.	Constantino..	124
XXX.	As querelas cristãs antes de Constantino e durante seu reinado	127
XXXI.	Arianismo e atanasianismo...........................	129
XXXII.	Os filhos de Constantino e Juliano, o filósofo, apelidado o Apóstata pelos cristãos	133
XXXIII.	Considerações sobre Juliano........................	139
XXXIV.	Os cristãos até Teodósio	142
XXXV.	As seitas e as desgraças dos cristãos até o estabelecimento do maometismo	145
XXXVI.	Discurso sumário das usurpações papais	148
XXXVII.	O excesso pavoroso das perseguições cristãs	150

XXXVIII. Excessos da Igreja Romana	154
Conclusão	157
Tradução de uma carta de milorde Bolingbroke a milorde Cornsbury	161
Carta de milorde Cornsbury a milorde Bolingbroke	167

APÊNDICE

Fragmento de uma carta de lorde Bolingbroke	173
Defesa de milorde Bolingbroke	177

Apresentação

Tem-se escrito (Tallentyre, *Life of Voltaire*) que os reais protagonistas da obra de Voltaire não são os Candide, Ingénu, Zadig ou Zaire, mas as grandes idéias como a humanidade, a liberdade, a razão, a democracia. Entre essas grandes idéias, essas grandes paixões de Voltaire, a razão, a sua maior e mais revolucionária descoberta. No fim do século XVII, tinha a razão vertido já o sangue nos patíbulos, alimentado as fogueiras da Inquisição, sucumbido às violências de tiranos arrogantes, às mais selvagens superstições pela ignorância trágica e pela profunda incultura dos seres humanos. Parecia morta, sobretudo depois do retiro de Arcetri, imposto a Galileu. Toda a vasta obra de Voltaire está profundamente impregnada da razão, principalmente o *Dicionário filosófico**.

Em 1755, dia de Todos os Santos, ocorreu o terremoto de Lisboa. Estavam as igrejas repletas de fiéis, ocasionando mais de trinta mil mortos. Procurou o clero francês explicar o terremoto como uma punição de Deus aos pecadores de Lisboa. Voltaire revoltou-se e, mais revoltado pelo fanatismo clerical, escreveu *Poème sur le désastre de Lisbonne*. No poema, ataca a Providência e o otimismo filosófico. Para ele, Deus podia ter evitado o mal, mas não quis, ou quis evitá-lo,

---
* A ser editado pela Martins Fontes.

mas não pôde. Rousseau escreve *Lettre à Voltaire sur la Providence*, culpando o homem, "o único culpado pela catástrofe". Então, Voltaire escreveu *Candide*[1], e nesse romance filosófico, o melhor de toda a literatura universal, zomba terrivelmente de Rousseau e de Leibniz.

Em 1762, o protestante Jean Calas, acusado falsamente, fanaticamente da morte de um filho, foi torturado e executado em Toulouse. Tratava-se de uma terrível injustiça e Voltaire, como Zola no caso Dreyfus, inflamou-se de indignação, de revolta. Exorta os amigos à luta, Diderot, D'Alembert... Escreveu o *Tratado sobre a tolerância*[2], sobre o caso Calas, para demonstrar, diz André Maurois que "todo homem tem o direito de ter e de exprimir a opinião que lhe parece justa, desde que ela não perturbe a ordem pública". Nessa época, lançou o célebre "Écrasez l'infâme", como definiu o clero católico, um clamor prodigioso que levantou a opinião pública, abalou o poder da Igreja e levou à queda do trono, à Revolução Francesa.

Todas as cartas de Voltaire, na época, terminam com a fórmula "Écrasez l'infâme", que escreve com natural prudência, "Écr. l'inf.". Pergunta André Maurois: "Mas quem é a infame? A religião? A Igreja? Mais exatamente a superstição. Persegue-a, porque acredita que o fanatismo torna os homens mais desgraçados do que seria necessário na vida." Em 1766, em Abeville, o jovem Chevalier de La Barre foi acusado de cantar canções que zombavam da Virgem Maria, danificar um crucifixo e não tirar o chapéu à passagem de uma procissão religiosa. Exigiu o clero a pena de morte. Foi o jovem condenado a ter a língua cortada, a mão direita decepada e a ser queimado vivo, com um exemplar do *Dicionário filosófico*, de Voltaire.

1. Martins Fontes, nesta série.
2. Martins Fontes, nesta série.

Nos tempos de Voltaire as perseguições religiosas eram brutais. Buffon, mesmo, havia sido obrigado pelo clero a retratar-se publicamente dos seus ensinamentos sobre a antiguidade da Terra. Em 1757 (Voltaire tinha 63 anos), e por muito tempo depois dessa data, na França, um decreto ameaçava com a pena de morte todo escritor que ofendesse a religião, pondo em dúvida os seus dogmas. No capítulo XLII de *Deus e os homens*[3], de Voltaire, os assassinatos em nome de Jesus pela religião: 9.468.800 pessoas degoladas, afogadas, enforcadas, queimadas pelo amor de Deus. Escreve Voltaire: "Nosso cálculo é aterrador, confesso; no entanto, ainda está bem abaixo da verdade." E acresce Voltaire desse assustador fanatismo: "Se, por acaso, ficarem sabendo dessas surpreendentes verdades, seus confessores lhes dirão que se deve reconhecer o dedo de Deus em todas essas carnificinas; que Deus..."

Para Voltaire, a religião (leia-se, o fanatismo religioso) era e é a pior inimiga da razão, "a carcereira impiedosa da razão". Foi o que sustentou na polêmica em defesa da *Encyclopédie* de Diderot e de D'Alembert contra os católicos conservadores. Em 1758, quando a obra dos seus pensadores sofria os mais rudes, duros assaltos, Voltaire exortava: "Vamos, valente Diderot, intrépido D'Alembert, lançai-vos contra a canalha, aniquilai as suas vãs declamações, os seus vis sofismas, as suas contradições e absurdos sem conta; não tolereis que os homens de espírito se tornem escravos dos que não o têm, e a geração nova com justa razão ficará a dever-vos a liberdade."[4]

Evidente, a "canalha" eram os padres – exceto os padres céticos, que liam, admiravam Voltaire –, acusados por Voltaire de intentarem fechar a razão humana nas cadeias do

....
3. Martins Fontes, nesta série.
4. *Correspondance* (a sair, nesta série).

dogma. Ele considera os padres "os opressores cínicos da razão e dos sagrados direitos". No *Dicionário filosófico*, artigo sobre os padres, Voltaire não lhes perdoa as ofensas à razão. Escreve aí: "Quando um padre diz 'Adorai a Deus, sede justo, indulgente e bondoso', é um bom médico. Quando diz 'Acreditai em mim ou sereis queimado', é um assassino." No termo da longa, atormentada existência de Voltaire, a consolação de ter restituído à humanidade o maior, o mais precioso dos bens: a dignidade do pensamento livre.

ACRÍSIO TÔRRES

Cronologia

1572. 24 de agosto: Noite de São Bartolomeu. Por ordem do rei Carlos IX, encorajado por sua mãe Catarina de Médicis, massacre dos protestantes em Paris e nas províncias.
1598. 13 de abril: Henrique IV põe fim às guerras de religião pelo Edito de Nantes. A liberdade de culto é garantida aos protestantes sob certas condições.
1643-1715. Reinado de Luís XIV.
1685. 18 de outubro: revogação do Edito de Nantes por Luís XIV. A religião reformada é proibida no reino da França. Os protestantes convertidos à força são tidos como "novos católicos".
1694. Em 22 de novembro (ou 20 de fevereiro, segundo Voltaire), nasce em Paris François-Marie Arouet, terceiro filho de François Arouet, conselheiro do rei e antigo tabelião do Châtelet em Paris, e de Marie-Marguerite Daumart, ambos da alta e antiga burguesia.
1701. Morte da mãe de Voltaire, que encontra na irmã, oito anos mais velha, uma segunda mãe a quem sempre amará com ternura.
1702. Guerra de Sucessão na Espanha.
1702-10. Revolta dos *camisards*, camponeses protestantes das Cevenas.

1704. Entrada no colégio Louis-le-Grand, dirigido por jesuítas, onde Voltaire adquire sólida cultura e torna-se amigo de herdeiros das melhores famílias da nobreza, lá estudando durante sete anos.
1706. O príncipe Eugênio e Marlborough apoderam-se de Lille.
1710. Leibniz: *Teodicéia*.
1710-12. O convento dos religiosos cistercienses de Port Royal des Champs (vale de Chevreuse), reduto do jansenismo, é destruído por ordem de Luís XIV. Os soldados devastam o cemitério. Cenas escandalosas.
1711. Inscrição na faculdade de Direito, conforme o desejo do pai. Mas o jovem turbulento quer ser poeta, freqüenta o círculo dos libertinos do palácio do Templo, envia uma ode ao concurso anual da Academia.
1712. Nascimento de Jean-Jacques Rousseau.
Nascimento de Frederico II, rei da Prússia.
1713. O jovem Arouet abandona a faculdade. Arrumam-lhe um posto na embaixada francesa na Holanda, do qual é despedido por namorar uma protestante. A descoberta da sociedade holandesa, liberal, ativa e tolerante, deixa-o encantado.
Nascimento de Denis Diderot.
Estada de Voltaire em Haia como secretário do embaixador da França.
8 de setembro: Luís XIV obtém do papa Clemente XI a bula ou constituição *Unigenitus* que condena o jansenismo.
Paz de Utrecht.
1715-23. Regência do duque de Orléans.
1716. Exílio em Sully-sur-Loire, por um poema satírico contra o Regente.
1717. São-lhe atribuídos dois poemas satíricos: o segundo (*Puero regnante*) é dele. Por ordem do Regente é en-

viado à Bastilha, onde fica preso onze meses. Aproveita o tempo para ler Virgílio e Homero, para continuar a *Henriade* e *Oedipe*.

1718. Sai da prisão em abril e até outubro deve permanecer fora de Paris. A tragédia *Oedipe* faz imenso sucesso. O Regente, a quem a peça é dedicada, concede-lhe uma gratificação. É consagrado como grande poeta, passa a assinar Voltaire.

1720-22. Voltaire faz excelentes negócios e aplicações que lhe aumentam a fortuna herdada do pai, falecido em 1722. Tem uma vida mundana intensa.

1721. Montesquieu: *Cartas persas*.
Em Londres, Robert Walpole torna-se primeiro-ministro; ocupará o cargo até 1742.

1722. Voltaire faz uma viagem à Holanda: admira a tolerância e a prosperidade comercial desse país.

1723. Publicação, sem autorização da censura, de *La ligue* (primeira versão de *Henriade*), poema épico.

1723-74. Reinado de Luís XV.

1724. Nascimento de Kant.

1725. Voltaire consegue ser admitido na Corte. Suas tragédias *Oedipe*, *Marianne* e a nova comédia *L'indiscret* são representadas nas festas do casamento do rei.

1726. Voltaire discute com o cavaleiro de Rohan, que alguns dias depois manda empregados espancarem-no. Voltaire se indigna, quer um duelo, sendo mandado à Bastilha (17 de abril). Quinze dias depois é forçado a partir para a Inglaterra, onde permanece até fins de 1728. Após um período difícil, adapta-se e faz amizades nos diversos meios da aristocracia liberal e da política, entre os intelectuais. O essencial das experiências inglesas será condensado para o público francês nas *Cartas filosóficas*, concebidas nessa época: não a descoberta, mas o reconhecimento entusiasta de uma

sociedade progressista na qual já estavam em andamento os novos valores da "filosofia das Luzes", a tolerância, a liberdade de pensamento, o espírito de reforma de empreendimento.
Jonathan Swift: *Viagens de Gulliver*.
1727. Publicações de *Ensaio sobre as guerras civis* e de *Ensaio sobre a poesia épica*, redigidos em inglês.
1728. Voltaire dedica à rainha da Inglaterra a nova *Henriade*, editada em Londres por subscrição. Em outubro volta à França.
1729-30. Voltaire se lança em especulações financeiras, um tanto tortuosas mas legais na época, que lhe renderão o bastante para viver com conforto e independência. Representação da tragédia *Brutus*. Escreve uma ode sobre a morte de Adrienne Lecouvreur, atriz sua amiga, que uma dura tradição religiosa privou de sepultura cristã.
1731-32. Impressão clandestina de *Histoire de Charles XII*, cuja imparcialidade desagradou ao poder, e que alcança grande sucesso. Sucesso triunfal de *Zaïre*, tragédia que será representada em toda a Europa.
1733. Publicação de *Le temple du goût*, obra de crítica literária e afirmação de um gosto independente que desafia os modos oficiais e levanta polêmicas. Início da longa ligação com a sra. du Châtelet.
1734. *Cartas filosóficas*, impressas sem autorização legal, causam grande escândalo: o livro é apreendido e Voltaire ameaçado de prisão. Refugia-se no castelo dos Châtelet, em Cirey-en-Champagne, a algumas horas de fronteiras acolhedoras. Por mais de dez anos, Cirey será o abrigo que lhe permitirá manter-se à distância das ameaças da autoridade.
Montesquieu: *Considérations*.
Johann Sebastian Bach: *Oratório de Natal*.

1735-36. Breves temporadas em Paris, com fugas ante ameaças de prisão. Representação das tragédias *La mort de César* (adaptada de Shakespeare) e *Alzire*. Publicação do poema *Mondain*, impertinente provocação às morais conformistas. Um novo escândalo, mais uma fuga, desta vez para a Holanda. Início da correspondência entre Voltaire e o príncipe real Frederico da Prússia.

1737-39. Longas temporadas em Cirey, onde Voltaire divide o tempo entre o trabalho e os divertimentos com boas companhias. Aplica-se às diversas atividades de "filósofo": as ciências (interessa-se pela difusão do newtonismo); os estudos bíblicos; o teatro e os versos (começa *Mérope*, adianta *Discours sur l'homme*); a história da civilização (*Siècle de Louis XIV*). Tudo entremeado de visitas, negócios, processos judiciais e discussões com literatos. Viagem com a sra. du Châtelet à Bélgica e à Holanda, onde representa Frederico da Prússia entre os livreiros de Haia, para a impressão de *Anti-Machiavel*, escrito pelo príncipe filósofo. É editada uma coletânea dos primeiros capítulos do *Siècle de Louis XIV*, que é apreendida.

1740. Primeiro encontro de Voltaire com Frederico, nesse ano coroado rei da Prússia em Clèves. O rei leva-o a Berlim e quer segurá-lo na corte, mas só o retém por algumas semanas.

1741-43. Estréia de duas tragédias, *Mahomet* e *Mérope*, com grande sucesso, a primeira escandaliza os devotos de Paris e é retirada de cena. Voltaire intercala temporadas em Cirey com viagens a Bruxelas. Cumpre missões diplomáticas oficiosas junto a Frederico II, que insiste com o filósofo para que se estabeleça na Prússia.

1743. Nascimento de Lavoisier.

1744-46. Fortalecido pelos serviços diplomáticos prestados, Voltaire reaproxima-se da Corte. Torna-se o poeta da corte, sustentado pelo apoio de Madame de Pompadour, de quem fora confidente. São anos de glória oficial: *Princesse de Navarre* é encenada no casamento do delfim; é nomeado historiógrafo do rei; o papa aceita a dedicatória de *Mahomet*; é eleito para a Academia Francesa.

1747-48. Uma imprudente impertinência de Voltaire traz-lhe o desfavor na corte. Refugia-se no castelo de Sceaux, da duquesa de Maine. Publicação da primeira versão de *Zadig* em Amsterdam, de *Babouc* e *Memnon*. Passa temporadas em Lunéville, na corte do rei Estanislau. Foi um dos piores momentos de sua vida: minado pela doença, solitário, incerto do futuro e mesmo de moradia.

1748. Hume: *Ensaio sobre o entendimento humano*. Montesquieu: *O espírito das leis*.

1749. Morte de Émilie du Châtelet em Lunéville. Voltaire volta a Paris e instala-se na casa de sua sobrinha viúva, a sra. Denis. Reata com antigos amigos, freqüenta os meios teatrais.

Nascimento de Goethe.

1750. J.-J. Rousseau: *Discours sur les sciences et les arts*.

1750-51. Cartas de Frederico II, prometendo favores, amizade e fortuna, levam Voltaire a resolver mudar para a Prússia. A acolhida é calorosa, mas logo começam as desavenças. Em Berlim e em Potsdam, Voltaire sente-se vigiado, obrigado a agradar, porém trabalha à vontade quando se mantém afastado: termina *Le siècle de Louis XIV*, iniciado havia vinte anos.

1751. Início da publicação da *Encyclopédie*.

1752-53. A permanência em Potsdam torna-se cada vez mais difícil. Voltaire escreve um panfleto (*Diatribe du docteur Akakia*) contra Maupertuis, presidente da Academia de Berlim, defendido por Frederico II, que manda queimar em público o libelo. Em março de 53 Voltaire consegue permissão para deixar Berlim com o pretexto de ir para uma estação de águas. Volta à França por etapas; mas uma ordem de Frederico II o retém como prisioneiro durante cinco semanas em Frankfurt, por causa de um exemplar da obra de poesia do rei que o filósofo levara consigo. Essa humilhação convence-o da necessidade de armar-se para a independência. Publicação de *Micromégas* em 1752.

1755. Depois de uma tentativa malograda de instalar-se em Colmar, na Alsácia, quando teve contra si os religiosos, os devotos e os fiéis, Voltaire instala-se na Suíça. Compra a propriedade *Délices*, perto de Genebra, descobre a natureza e a vida rústica, mas não deixa de montar espetáculos teatrais em casa, para escândalo do austero Grande Conselho de Genebra. Participa da *Encyclopédie*, fornecendo artigos até 1758, quando opta por formas mais diretas de propaganda. Terremoto de Lisboa.

J.-J. Rousseau: *Discours sur l'inégalité*.

1756. Sempre ativo, a despeito da idade, convivendo bem com os genebrinos, o filósofo é feliz. Abalado pelo terremoto de Lisboa, escreve *Poème sur le désastre de Lisbonne*, atacando a Providência e o otimismo filosófico. Lança *Poème sur la loi naturelle*, que escandaliza pelo deísmo. Entrega à publicação a síntese de *Essai sur les moeurs*.

Início da Guerra dos Sete Anos.

J.-J. Rousseau escreve *Lettre à Voltaire sur la Providence*, contra o *Poème sur le désastre de Lisbonne*.

1757. A correspondência de Voltaire torna-se o eco de seu século. Afeta indiferença, mas não cessa de lutar por seus ideais. Executam o almirante Byng, na Inglaterra, por quem Voltaire intercedera o ano anterior. Um louco atenta contra a vida de Luís XV. Os partidos religiosos se engalfinham na França, mas se unem contra os enciclopedistas. O artigo *Genève* provoca indignação em Genebra, ameaçando o agradável retiro do filósofo. Voltaire reata a correspondência com Frederico II.

1758. Voltaire trabalha para completar e reformular *Essai sur les moeurs*, acentuando a orientação militante da obra. Tenta conciliar o grupo dos enciclopedistas; não o conseguindo, cessa de colaborar em junho. A guerra européia se alastra, apesar das tentativas do filósofo de aproximar Berlim e Versailles. Complicam-se as relações entre o filósofo e a cidade de Genebra. Compra as terras de Ferney, na fronteira da Suíça, mas território francês, para onde se muda acompanhado da sobrinha, a sra. Denis. Escreve *Cândido* e umas Memórias, depois abandonadas.

J.-J. Rousseau: *Lettre sur les spectacles*, em resposta ao artigo *Genève*.

1759. Publicação de *Cândido*, em janeiro, logo condenado mas com imenso sucesso. A condenação da *Encyclopédie* intensifica as suas polêmicas contra os adversários dos filósofos: *Relation de la maladie du jésuite Berthier*; *Le pauvre diable* (1758) contra Fréron; *La vanité*, sátira contra Lefranc e Pompignan, autor de poesias sacras. Leva vida intensa, dividindo-se entre *Délices* e Ferney.

1760. Em dezembro, Voltaire instala-se definitivamente em Ferney. Assume, diante da opinião de seu tempo, uma espécie de ministério do progresso "filosófico".

Franklin: invenção do pára-raio.

Diderot: *La religieuse*.

1761. As *Lettres sur la Nouvelle Héloïse*, sob a assinatura do marquês de Ximènes, ridicularizando o romance *A nova Heloísa* publicado no mesmo ano, marcam o início das hostilidades públicas com J.-J. Rousseau.

Colaboração numa edição comentada do teatro de Corneille, que servirá para dar o dote de uma sobrinha-neta do autor clássico, adotada por Voltaire.

1762. Jean-Jacques Rousseau: *O contrato social* e *Emílio ou Da educação*.

1762-63. Ampliação da propaganda deísta, com a publicação de dois textos polêmicos: *Le sermon des cinquante* e *Extrait du testament du curé Meslier*. Em 10 de março, o protestante Jean Calas, acusado falsamente da morte do filho, é executado em Toulouse. Voltaire lança-se numa campanha para reabilitá-lo, conseguindo a revisão do processo (1765). Para esse fim escreve *Tratado sobre a tolerância*.

1764. Representação, em Paris, da tragédia *Olympie*, que como as anteriores desde *Tancrède* (1760) não obtém sucesso. Publicação do *Dictionnaire philosophique portatif*, concebido em 1752 na Prússia, um instrumento de propaganda largamente difundido. A uma acusação das *Lettres sur la montagne*, de Rousseau, Voltaire replica com o cruel panfleto *Sentiment des citoyens*.

1765. Voltaire acolhe a reabilitação de Calas como "uma vitória da filosofia". A partir daí, solicitado ou por própria iniciativa, intervirá em causas desse gênero quase todos os anos. Publicação de *A filosofia da história*. Encarrega-se da defesa da família Sirven, sendo ajudado financeiramente em sua ação judiciária pelos reis da Prússia, da Polônia, da Dinamarca e por Catarina da Rússia. *Conselhos a um jornalista* é impresso no tomo I das *Novas miscelâneas*.

1766. Condenação e execução do cavaleiro de la Barre por manifestações libertinas à passagem de uma procissão religiosa. Encontram um *Dictionnaire philosophique* na casa do cavaleiro e atribuem a sua atitude irreverente à influência dos filósofos. Voltaire assusta-se e

passa para a Suíça; de volta a Ferney, empreende a reabilitação de La Barre.
1767. Publicação de *Anecdote sur Bélisaire* e *Questions de Zapatta* (contra a Sorbonne), *Le dîner du comte de Boulainvilliers* (contra o cristianismo), *L'ingénu* e *Recueil nécessaire*, do qual faz parte *O túmulo do fanatismo*.
1768. Publicação de *Précis du siècle de Louis XV*; *La princesse de Babylone*; *L'Homme aux quarente écus*; *Les singularités de la nature* (espécie de miscelânea de filosofia das ciências).
1769. *O pirronismo da história* é publicado pela primeira vez na coletânea intitulada *L'Évangile du jour*.
1770. Voltaire lança ao ministério francês a idéia de facilitar o estabelecimento de refugiados genebrinos em Versoix, na França, o que ativaria a indústria e o comércio, fazendo concorrência a Genebra. Sem ajuda oficial, com sua imensa fortuna, Voltaire conseguiu realizar isso em pequena escala. Como um patriarca, adorado de seus protegidos, cuida de questões administrativas e de obras públicas da região de Gex, onde fica Ferney. Em Paris, é feita subscrição pública para a estátua de Voltaire executada por Pigalle; J.-J. Rousseau está entre os subscritores.
Nascimento de Hegel.
1771-72. Pela segunda vez, Voltaire compõe um dicionário, acerca de suas idéias, convicções, gosto, etc. São os nove volumes de *Questions sur l'Encyclopédie*, publicados à medida que eram terminados. Publicação de *Épître à Horace*.
1772. Fim da publicação da *Encyclopédie*.
1773. Sem abandonar suas lutas nem sua direção filosófica (ao que dedica há anos a sua correspondência), deixa diminuir a produção literária, sofre graves acessos de estrangúria em fevereiro e março. Contudo, sus-

tenta, com *Fragments historiques sur l'Inde*, os esforços do conde Lally-Tollendal para a reabilitação do pai, injustamente condenado à morte em 1766.
O papa Clemente XIV dissolve a ordem dos jesuítas.
1774. Em agosto, o enciclopedista Turgot é nomeado controlador geral das finanças; suas medidas de liberalização do comércio dos grãos são acolhidas com entusiasmo em Ferney.
Morte de Luís XV.
1774-92. Reinado de Luís XVI.
1776. Voltaire sustenta a política econômica de Turgot até a sua queda (maio de 1776), que deplorará como uma derrota da filosofia do século. Publicação da tragédia *Don Pèdre*, não encenada, e dos dois contos *Les oreilles du comte de Chesterfield*, e a curiosa *Histoire de Jenni*, contra as audácias do ateísmo e do materialismo modernos. Em dezembro, um édito de Turgot concede à região de Gex uma reforma fiscal solicitada por Voltaire havia anos.
Fruto de trinta anos de crítica apaixonada da Bíblia e de sua exegese, é publicado *A Bíblia enfim explicada*.
Declaração de independência das colônias inglesas na América.
Thomas Paine: *The Common Sense*.
Adam Smith: *A riqueza das nações*.
1777. Os *Dialogues d'Évhémère*, última volta ao mundo filosófico de Voltaire.
1778. Já doente, Voltaire chega a Paris em fevereiro. Dez dias de visitas e homenagens ininterruptas deixam-no esgotado. Fica acamado três semanas, confessa-se e recebe a absolvição, depois de submeter-se a uma retratação escrita, declarando morrer na religião católica. É a última batalha do velho lutador: a insubmissão, com o risco de ser jogado na vala comum após a

morte, ou a submissão, com a negação de sua obra e de sua influência. Mal se restabelece, recomeça a roda-viva. 30 de março é seu dia de apoteose com sessão de honra na Academia e representação triunfal da tragédia *Irène*. Em 7 de abril é recebido maçom na loja das Neuf-Soeurs. Esgota-se redigindo um plano de trabalho para a Academia. Morre no dia 30 de maio e, apesar das interdições, é enterrado em terra cristã, na abadia de Scellières, em Champagne.

Morte de Rousseau, em 2 de julho.

1791. Em 12 de julho as cinzas de Voltaire são transferidas ao Panthéon, em meio à alegria popular.

EXAME IMPORTANTE DE MILORDE BOLINGBROKE OU O TÚMULO DO FANATISMO

Escrito no final de 1736.

Advertência dos editores[1]

Oferecemos uma nova edição do livro mais eloqüente, mais profundo e mais forte já escrito contra o fanatismo. Passamos a considerar nosso dever perante Deus multiplicar esses socorros contra o monstro que devora a substância de uma parte do gênero humano. Esse resumo da doutrina de milorde Bolingbroke, reproduzida por inteiro nos seis volumes de suas Obras Póstumas, foi dedicado por ele, poucos anos antes de sua morte, a milorde Cornsbury. Esta

....

1. Essa *Advertência* existe nas edições de 1767, in-8º de 230 páginas; de 1771, in-8º de VIII e 190 páginas; de 1775, in-8º de VIII e 148 páginas; de 1776, in-8º de VIII e 216 páginas. A primeira edição do *Exame importante* é a impressão que consta do *Recueil nécessaire* (ver as notas, tomo XXIV, p. 523, e XXV, p. 125). As *Mémoires secrets*, datadas de 7 de maio de 1767, falam do *Exame importante* como sendo uma novidade. Creio que sua publicação tenha ocorrido no mês de abril.

A edição do *Exame* que consta do *Recueil nécessaire* tem apenas trinta e um capítulos; na edição de 1767, o último capítulo traz a numeração XXXVII; no entanto, foram acrescentados apenas cinco capítulos (hoje, IV, V, XXXV, XXXVI, XXXVII). Não existe capítulo IX, tendo o impressor passado do VIII para o X. Na edição de 1771, tal erro foi mantido. É desse ano a adição do capítulo XXXVIII. Na edição de 1775, o capítulo VII foi transformado nos capítulos VII e VIII; o capítulo VIII, no IX: desse modo, desaparece o erro de 1767 e 1771.

Na edição de 1776, o último capítulo traz o número XLI; mas, como na edição de 1775, o que forma os capítulos VII e VIII compõe apenas o capítulo VII das outras edições; por falha de impressão, o capítulo que vem depois do XXXIV está numerado XXXVI (ou seja, não há capítulo XXXV). O que forma edição é bem mais ampla que a primeira[2]; nós a cotejamos com o manuscrito.

Suplicamos aos sábios a quem fazemos chegar esta obra tão útil ter tanta discrição quanto sabedoria e difundir a luz sem dizer por que mão esta luz lhes chegou. Deus! protegei os sábios; confundi os delatores e os perseguidores.

....

o capítulo XXXVI era a reprodução do texto *Os globos de fogo* etc. que fazia parte do artigo APÓSTATA nas *Questões sobre a Encyclopédie* (ver tomo XVII, pp. 319-21); a única adição feita a essa edição de 1776 consiste no capítulo que então era o XII, mas que é apenas o XI: *Que idéia devemos formar de Jesus* etc.

As notas do *Exame importante* são de diversas épocas. Pus a data em cada nota. Como se verá, às vezes o fim é bem posterior ao começo. Quando tive de fazer acréscimos a notas, pus esses acréscimos entre colchetes; o que está entre parênteses é de Voltaire.

Em muitas edições das *Oeuvres de Voltaire*, após o *Exame importante* foi colocada uma *Defesa de milorde Bolingbroke*, que não tem nenhuma relação com ele e lhe é quinze anos anterior; por isso, coloquei-o em sua data. Ver tomo XXIII, p. 547. (Beuchot, editor da ed. fr.)

2. Ver a nota 1.

Prefácio

A ambição de dominar os espíritos é uma das mais fortes paixões. Um teólogo, um missionário, um partidarista quer conquistar como um príncipe; e há muito mais seitas no mundo do que soberanias. A quem submeterei minh'alma? Serei cristão por ser de Londres ou de Madri? Serei muçulmano por ter nascido na Turquia? Devo pensar apenas por mim e para mim; a escolha de uma religião é do meu maior interesse. Tu adoras um Deus por Maomé; e tu, pelo grande lama; e tu, pelo papa. Eh, infeliz! adora um Deus por tua própria razão.

A estúpida indolência em que a maioria dos homens apodrece no que diz respeito ao objeto mais importante pareceria provar que eles são miseráveis máquinas animais, cujo instinto apenas se ocupa do momento presente. Tratamos nossa inteligência como tratamos nosso corpo; freqüentemente os entregamos por algum dinheiro a charlatães. A população morre, na Espanha, nas mãos de um vil monge e de um empírico; e a nossa, de modo mais ou menos semelhante[3]. Um vigário, um *dissenter** importunam seus últimos momentos.

....

3. Não; milorde Bolingbroke vai longe demais: entre nós, vive-se e morre-se como se quer. Só os covardes e os supersticiosos mandam chamar um padre. E esse padre zomba deles. Sabe que não é o embaixador de Deus junto aos moribundos.

Um número muito reduzido de homens examina; mas o espírito partidarista, a vontade de se destacar os preocupa. Um grande homem[4] entre nós só foi cristão porque era inimigo de Collins; nosso Whiston[5] só era cristão porque era ariano. Grócio só queria confundir os gomaristas. Bossuet defendeu o papismo contra Claude, que lutava pela seita calvinista. Nos primeiros séculos, os arianos combatiam os atanasianos. O imperador Juliano e seu partido combatiam essas duas seitas; e o resto da terra enfrentava os cristãos, que lutavam contra os judeus. Em quem acreditar? Assim, é preciso examinar: é um dever que ninguém coloca em dúvida. Um homem que recebe sua religião sem exame não difere de um boi que atrelam.

Essa prodigiosa multidão de seitas no cristianismo já provoca a forte suposição de que são todas sistemas equivocados. O homem sábio pensa consigo mesmo: Se Deus quisesse me fazer conhecer seu culto, seria porque esse culto é necessário para a nossa espécie. Se fosse necessário,

....
Nos países papistas, todavia, no terceiro acesso de febre já é preciso que venham vos assustar cerimoniosamente, exibindo diante de vós todo o aparato de uma extrema-unção e todos os estandartes da morte. Trazem-vos o Deus dos papistas escoltado por seis archotes. Todos os pedintes têm o direito de entrar em vosso quarto; quanto maior o fausto dessa pompa lúgubre, mais o baixo clero ganha. Ele pronuncia a vossa sentença e vai beber no bar o pagamento em espécie pelo julgamento. Os espíritos fracos ficam tão abalados com o horror dessa cerimônia que muitos morrem por isso. Sei que o Sr. Falconet, um dos médicos do rei de França, tendo visto uma de suas doentes piorar e morrer ante o simples espetáculo de sua extrema-unção, declarou ao rei que nunca mais mandaria administrar os sacramentos a ninguém. (*Nota de Voltaire*, 1771.)

* Assim no original, significa "dissidente", nome dado pela Igreja Anglicana aos outros protestantes. [N. da T.]

4. Acho que Voltaire se refere aqui a Samuel Clarke (nascido em 1675, morto em 1729), que publicou uma refutação da obra de Collins sobre a liberdade do homem. (B.)

5. Guillaume Whiston, nascido em 1667, morto em 1752. Ainda estava vivo na data em que o *Exame importante* foi supostamente composto.

ele mesmo o teria dado a todos, assim como deu a todos dois olhos e uma boca. Seria uniforme por toda parte, pois as coisas necessárias a todos os homens são uniformes. Os princípios da razão universal são comuns a todas as nações civilizadas, todas reconhecem um Deus: podem portanto acreditar que esse conhecimento é uma verdade. Mas cada uma delas tem uma religião diferente; podem portanto concluir que, embora tenham razão de adorar um Deus, estão erradas em tudo o que imaginaram além disso.

Embora o princípio com o qual o universo concorda pareça verossímil, as conseqüências diametralmente opostas que dele tiram parecem bem falsas; é natural desconfiar delas. A desconfiança aumenta quando se percebe que o objetivo de todos aqueles que estão à frente das seitas é dominar e enriquecer quanto puderem, e que, desde os dairis do Japão até os bispos de Roma, a única preocupação foi erguer para um pontífice um trono fundado na miséria dos povos e muitas vezes cimentado com seu sangue.

Que os japoneses examinem como os dairis os subjugaram por tanto tempo; que os tártaros sirvam-se de sua razão para avaliar se o grande lama é imortal; que os turcos julguem seu *Alcorão*; mas nós, cristãos, examinemos nosso *Evangelho*.

A partir do momento em que quero sinceramente examinar, tenho o direito de afirmar que não enganarei: aqueles que escreveram tão-só para provar sua opinião me são suspeitos.

Pascal já começa revoltando os leitores na sua coletânea de pensamentos informes: "Que aqueles que combatem a religião cristã", diz ele, "aprendam a conhecê-la etc."[6] Vejo nessas palavras um partidarista que quer subjugar.

Contam-me que, na França, um cura chamado João Meslier, há pouco falecido[7], ao morrer pediu perdão a Deus

....
6. Pascal disse: "Que aqueles que combatem a religião aprendam ao menos o que ela é antes de combatê-la." (B.)

por ter ensinado o cristianismo[8]. Essa disposição de um padre à beira da morte causa em mim mais efeito do que o entusiasmo de Pascal. Vi em Dorsetshire, diocese de Bristol, um cura renunciar a uma paróquia de duzentas libras esterlinas e confessar a seus paroquianos que sua consciência não lhe permitia pregar os absurdos horrores da seita cristã. Mas nem o *testamento* de João Meslier nem a declaração desse digno cura são para mim provas decisivas. O judeu Uriel Acosta[9] renunciou publicamente ao Antigo Testamento em Amsterdam; mas eu não acreditaria mais no judeu Acosta do que no padre Meslier. Tenho de ler as atas do processo com severa atenção, não me deixar seduzir por nenhum dos advogados, pesar perante Deus as razões dos dois lados e decidir segundo a minha consciência. Cumpre a mim discutir os argumentos de Wollaston e de Clarke, mas só posso crer na minha razão.

Advirto, em primeiro lugar, que não quero atingir nossa Igreja Anglicana na medida em que ela foi estabelecida por decisão do parlamento. Vejo-a, aliás, como a mais culta e a mais regular da Europa. Não concordo em absoluto com o *Wig independente*, que parece querer abolir todo sacerdócio e devolvê-lo às mãos dos pais de família, como nos tempos dos patriarcas. Nossa sociedade, tal como é, não permite semelhante mudança. Creio ser necessário manter padres, para serem mestres dos costumes e para oferecer a Deus nossas preces. Veremos se eles têm de ser trapaceiros, trombetas da discórdia e perseguidores sanguinários. Comecemos primeiro por instruir a mim mesmo.

....

7. Supõe-se que o *Exame importante* foi escrito em 1736. Meslier morreu em 1733. Ver, tomo XXIV, pp. 293 ss., *Extrait des sentiments de Jean Meslier*.

8. Isso é muito verídico; foi cura de Étrépigny, perto de Rocroi, nas fronteiras da Champagne. Muitos curiosos têm trechos de seu testamento. (*Nota de Voltaire*, 1776.)

9. Ver seu artigo na nona das *Lettres à S. A. monseigneur le prince de* ***.

CAPÍTULO I

Os livros de Moisés

O cristianismo está fundado no judaísmo[10]: vejamos, pois, se o judaísmo é obra de Deus. Sugerem que eu leia os livros de Moisés, tenho de começar por me informar se esses livros são dele.

....

10. Supondo, por mais impossível que seja, que uma seita tão absurda e tão horrível como o judaísmo fosse obra de Deus, estaria demonstrado, por essa única suposição, que a seita dos galileus está fundada apenas na impostura. Isso se demonstra com rigor.

Uma vez suposta uma verdade qualquer, enunciada pelo próprio Deus, constatada pelos mais pavorosos prodígios, selada com sangue humano; uma vez que Deus, no vosso entender, disse cem vezes que essa verdade, essa lei, será eterna; uma vez que ele disse nessa lei que se deve matar sem misericórdia aquele que quiser suprimir ou acrescentar à sua lei; uma vez que ele ordenou que todo profeta [Dt 13, 1, 5, 6] que fizesse milagres para substituir a antiga lei por uma novidade fosse morto por seu melhor amigo, por seu irmão: é claro como o dia que o cristianismo, que abole o judaísmo em todos o seus ritos, é uma religião falsa e inimiga direta do próprio Deus.

Alega-se que a seita dos cristãos funda-se na seita judaica. É como dizer que o maometismo fundou-se na religião antiga dos sabeus, pois nasceu na terra deles; mas, longe de ser um sabismo, ele o destruiu.

Acrescentai a essas razões um argumento bem mais forte: não é possível que o Ser imutável, tendo dado uma lei a esse pretenso Noé, ignorado por todas as nações, exceto pelos judeus, tenha em seguida dado outra nos tempos de Faraó e, por fim, uma terceira nos tempos de Tibério. Essa indigna fábula de um Deus que dá três religiões diferentes e universais a um miserável povinho ignorado seria o que de mais absurdo o espírito humano já inventou, se todos os detalhes seguintes não o fossem mais ainda. (*Nota de Voltaire*, 1771.)

1º. É verossímil que Moisés tenha mandado gravar na pedra o *Pentateuco* ou, ao menos, os livros da lei, e que houvesse gravadores e polidores de pedra num horrível deserto onde, está dito, seu povo não tinha nem alfaiates, nem fazedores de sandálias, nem panos para se vestir, nem pão para comer, e onde Deus foi obrigado a fazer um milagre contínuo durante quarenta anos[11] para conservar as vestes daquele povo e para alimentá-lo?

2º. No livro de *Josué*[12] está dito que o *Deuteronômio* foi escrito num altar de pedras brutas revestidas de argamassa. Como escreveram todo um livro em argamassa? Como letras não se apagaram com o sangue continuamente derramado sobre aquele altar? E como aquele altar, monumento do *Deuteronômio*, subsistiu na terra onde os judeus foram por tanto tempo submetidos a uma escravidão que suas rapinagens tanto fizeram por merecer?

3º. Os incontáveis erros de geografia e cronologia e as contradições encontrados no *Pentateuco* obrigaram vários judeus e vários cristãos a asseverar que o *Pentateuco* não podia ser de Moisés. O erudito Leclerc, inúmeros teólogos e até nosso grande Newton abraçaram essa opinião; portanto, ela é no mínimo muito verossímil.

4º. O simples senso comum não seria suficiente para avaliar que um livro que começa com as seguintes palavras: "Estas[13] são as palavras que Moisés pronunciou na banda além do Jordão" só pode ser de um falsário inábil, já que o mesmo livro garante que Moisés jamais atravessou o Jordão?[14] A resposta de Abbadie de que se pode entender além por aquém não é ridícula? E deve-se crer num predicador

---

11. Dt 29, 5.
12. 8, 32.
13. Dt 1, 1.
14. Dt 3, 27. 31, 2; Deus disse a Moisés: "Não passarás o Jordão." Ver também *ibid.*, 34, 4; e Nm 20, 12.

que morreu louco na Irlanda em vez de acreditar em Newton, o maior homem que já existiu?

Além do mais, pergunto a todo homem sensato se é verossímil que Moisés tenha dado, no deserto, preceitos para os reis judeus que só vieram tantos séculos depois dele, e se é possível que, nesse mesmo deserto, tivesse destinado[15] quarenta e oito cidades com seus arredores exclusivamente para a tribo dos levitas, independentemente dos dízimos que as outras tribos deviam lhes pagar[16]. É decerto muito natural que os padres tentassem abocanhar tudo; mas não é natural que lhes tenham dado quarenta e oito cidades num pequeno pedaço de terra onde mal havia na época duas aldeias: teria sido preciso ao menos o mesmo tanto de cidades para cada uma das outras hordas judias; o total cresceria para quatrocentas e oitenta cidades com seus arredores. O judeus escreveram de igual maneira sua história. Cada traço é uma hipérbole, uma mentira grosseira, uma fábula absurda[17].

....
15. Dt 14. (*Nota de Voltaire.*)
16. Nm 35, 7. (*Id.*)
17. Milorde Bolingbroke contentou-se com um pequeno número dessas provas; caso quisesse, teria relatado mais de duzentas. Uma das mais fortes, a nosso ver, que demonstra que os livros pretensamente escritos no tempo de Moisés e de Josué na verdade foram escritos no tempo dos reis, é que o mesmo livro é citado na história de Josué e na dos reis judeus. Nós o chamamos *le Droiturier* e os papistas o chamam de história dos *Justos* ou o Livro do *Rei*.

Quando o autor de *Josué* fala do Sol que se deteve sobre Gabaão e da Lua que se deteve sobre Ajalão em pleno meio-dia, cita esse Livro dos *Justos*. (Js 10, 13.)

Quando o autor das crônicas ou dos Livros dos *Reis* fala do cântico composto por Davi sobre a morte de Saul e de seu filho Jônatas, cita novamente esse Livro dos *Justos*. (2 Rs 1, 18.)

Ora, tenham paciência, como pode o mesmo livro ter sido escrito no tempo em que coube a Moisés viver e no tempo de Davi? Essa horrível incorreção não escapara a lorde Bolingbroke, que dela falou alhures. É um prazer ver o embaraço do inocente dom Calmet, que procura em vão paliar tamanho absurdo. (*Nota de Voltaire*, 1771.) – A palavra *alhures*, empregada na antepenúltima frase desta nota, designa provavelmente o capítulo XV de *Dieu et les hommes*, obra de 1769 e, conseqüentemente, anterior a esta nota. (B.)

CAPÍTULO II

A pessoa de Moisés[18]

Terá havido um Moisés? De seu nascimento a sua morte, tudo nele é tão prodigioso que parece um personagem fantástico, como nosso encantador Merlin. Caso tivesse existido, caso tivesse operado os pavorosos milagres que supostamente fez no Egito, seria possível que nenhum autor egípcio falasse desses milagres, que os gregos, amantes do maravilhoso, não tivessem dito uma só palavra a respeito? Flávio Josefo, que, para valorizar sua nação desprezada, busca todos os depoimentos de autores egípcios que falaram dos judeus, não ousa citar um só que faça menção aos prodígios de Moisés. Esse silêncio universal não faz presumir que Moisés seja um personagem fabuloso?

Por menos que se tenha estudado a antiguidade, sabe-se que os antigos árabes inventaram várias fábulas que, com o tempo, foram adotadas por outros povos. Imaginaram a história do antigo Baco, que era supostamente muito anterior à época em que os judeus dizem ter aparecido seu Moisés. Esse Baco ou Back[19], nascido na Arábia, escrevera suas leis em duas tábuas de pedra; chamaram-no de Misem, nome muito parecido com o de Moisés; fora salvo das

....
18. Ver tomo XX, p. 93, e os capítulos XXII a XXVII de *Dieu et les hommes*.
19. Ver tomo XI, p. 79.

águas num cesto, e esse nome significava *salvo das águas*; tinha uma varinha com a qual operava milagres; essa vara transformava-se em serpente quando ele queria. Esse mesmo Misem atravessou o mar Vermelho a pé enxuto à frente de seu exército; dividiu as águas do Oronte e do Hidaspes e as susteve à direita e à esquerda; uma coluna de fogo iluminava seu exército durante a noite. Os antigos versos órficos cantados nas orgias de Baco celebravam uma parte dessas extravagâncias. Essa era uma fábula tão antiga que os Padres da Igreja acreditaram que esse Misem, esse Baco, era seu Noé[20].

Não é extremamente verossímil que os judeus tenham adotado essa fábula e a tenham escrito em seguida, quando começaram a ter algum conhecimento das letras sob seus reis? Necessitavam do maravilhoso tanto quanto os outros povos; mas não eram inventores: jamais uma nação tão pequena foi tão grosseira; todas as suas mentiras eram plá-

---

20. Deve-se observar que Baco era conhecido no Egito, na Síria, na Ásia Menor, na Grécia, entre os etruscos, bem antes que qualquer nação tivesse ouvido falar de Moisés e menos ainda de Noé e de toda a sua genealogia. Tudo o que se encontra exclusivamente nos escritos judeus era absolutamente ignorado pelas nações orientais e ocidentais, do nome de Adão ao de Davi.

O miserável povo judeu tinha sua cronologia e suas fábulas à parte, que só tinham uma longínqua semelhança com as dos outros povos. Seus escritores, que só trabalharam muito mais tarde, pilharam tudo o que encontraram entre seus vizinhos e disfarçaram mal seus plágios: prova disso é a fábula de Moisés, que emprestaram de Baco; prova disso é seu ridículo Sansão, tomado de Hércules; a filha de Jefté, de Ifigênia; a mulher de Ló, imitada de Eurídice etc. (*Nota de Voltaire*, 1771.) Eusébio nos legou preciosos fragmentos de Sanchoniathon, que incontestavelmente viveu antes do tempo em que os judeus situam seu Moisés. Sanchoniathon não fala da horda judia. Caso ela tivesse existido, caso houvesse algo de verídico no *Gênesis*, ele certamente teria dito algumas palavras. Eusébio não teria deixado de destacá-los. O fenício Sanchoniathon não disse nada: portanto, a horda judia não existia na época como povo; portanto, as fábulas do *Gênesis* ainda não tinham sido inventadas por ninguém. (*Id.*, 1776.)

gios, bem como todas as suas cerimônias eram visivelmente uma imitação dos fenícios, dos sírios e dos egípcios.

O que acrescentaram por conta própria parece de uma rudeza e de um absurdo tão revoltante que desperta indignação e piedade. Em que ridículo romance toleraríamos um homem que, com um toque de varinha, transforma todas as águas em sangue em nome de um Deus desconhecido, e mágicos que fazem outro tanto em nome dos deuses da Terra? A única superioridade de Moisés sobre os feiticeiros do rei é ter feito nascer piolhos, coisa que os feiticeiros não conseguiram fazer: por isso um grande príncipe[21] disse que os judeus, no tocante a piolhos, sabiam mais que todos os magos do mundo.

Como um anjo do Senhor pode vir matar todos os animais do Egito? E como, depois disso, o rei do Egito tem um exército de cavalaria? E como essa cavalaria entra no fundo do mar Vermelho?

Como o mesmo anjo do Senhor pode, durante a noite, vir cortar o pescoço de todos os primogênitos das famílias egípcias? Nesse caso, o suposto Moisés deveria apossar-se daquele belo país, em vez de fugir como um covarde e como um bandido com dois ou três milhões de homens, entre os quais havia, dizem, seiscentos e trinta mil combatentes. É com essa prodigiosa multidão que ele foge diante dos irmãos mais novos daqueles que o anjo havia assassinado. Vai embora, errar nos desertos, onde não há nem mesmo água para beber, mas, para lhe facilitar essa bela expedição, seu Deus divide as águas do mar, faz delas duas montanhas à direita e à esquerda a fim de que seu povo favorito vá morrer de fome e sede.

....

21. Frederico II, a quem Voltaire (ver tomo XXIV, p. 437) quis atribuir o *Sermão dos cinqüenta*, onde se encontra (ver tomo XXIV, p. 446) o que Voltaire relata aqui. De qualquer forma, é possível que a idéia seja de Frederico.

Todo o resto da história de Moisés é igualmente absurda e bárbara. Suas codornizes, seu maná, seus colóquios com Deus; vinte e três mil homens de seu povo degolados por sacerdotes por ordem sua; vinte e quatro mil massacrados uma outra vez; seiscentos e trinta mil combatentes num deserto onde jamais houvera dois mil homens: tudo isso decerto parece o cúmulo da extravagância; e alguém disse que *Orlando furioso* e *Dom Quixote* são livros de geometria em comparação com os livros hebreus. Se houvesse ao menos algumas ações honestas e naturais na fábula de Moisés, poderíamos crer com convicção que esse personagem existiu.

Têm a ousadia de nos dizer que a festa de Páscoa dos judeus é uma prova da passagem do mar Vermelho. Nessa festa, agradecia-se ao Deus dos judeus pela bondade com a qual degolara os primogênitos do Egito: portanto, dizem, nada era mais verdadeiro que essa santa e divina carnificina.

Pensam efetivamente, diz o declamador e mau argumentador Abbadie, que "Moisés poderia ter instituído memoriais tangíveis de um acontecimento reconhecido como falso por mais de seiscentas mil testemunhas"? Pobre homem! deverias dizer por mais de dois milhões de testemunhas, pois seiscentos e trinta mil combatentes, fugitivos ou não, supõem certamente mais de dois milhões de pessoas. Dizes, pois, que Moisés leu seu *Pentateuco* àqueles dois ou três milhões de judeus! Crês, pois, que aqueles dois ou três milhões de homens teriam escrito contra Moisés se tivessem descoberto algum erro no seu *Pentateuco* e que teriam mandado inserir seus comentários nos jornais da região! Só falta dizeres que aqueles três milhões de homens assinaram como testemunhas e que viste a assinatura deles.

Crês, pois, que os templos e os ritos instituídos em homenagem a Baco, Hércules e Perseu são prova indiscutível de que Perseu, Hércules e Baco eram filhos de Júpiter e que, entre os romanos, o templo de Castor e de Pólux era uma demonstração de que Castor e Pólux tinham combatido pelos romanos! É assim que sempre se pressupõe o que está em discussão; e os traficantes de controvérsia desfiam sobre a causa mais importante para o gênero humano argumentos que lady Blackacre[22] não ousaria aventar na sala de *common plays*. O que loucos escreveram, imbecis comentam, patifes ensinam e fazem as criancinhas aprenderem de cor; e chamam de blasfemo o sábio que se indigna e se irrita com as mais abomináveis inépcias que já desonraram a natureza humana!

....

22. Lady Blackacre é um personagem extremamente risível na comédia do *Plain dealer*. (*Nota de Voltaire*, 1767.) – O *Plain dealer* é uma comédia de Wicherley. Voltaire extraiu daí o tema de *La Prude*; ver tomo III de *Théâtre*.

CAPÍTULO III

A divindade atribuída aos livros judeus

Como ousaram supor que Deus escolhesse uma horda de árabes ladrões para ser seu povo querido e para armar essa horda contra todas as outras nações? E como, combatendo à sua frente, tolerou que seu povo fosse tantas vezes vencido e escravizado?

Como, ao dar leis a esses bandidos, esqueceu de conter esse pequeno povo de ladrões por meio da crença na imortalidade da alma e nas penas depois da morte[23], ao pas-

....

23. Aqui temos o argumento mais forte contra a lei judaica e que não foi suficientemente enfatizado pelo grande Bolingbroke. Quê?! Todos os legisladores hindus, egípcios, babilônios, gregos e romanos ensinaram a imortalidade da alma; ela é encontrada em vinte lugares no próprio Homero; e o suposto Moisés não fala dela?! Não diz uma única palavra nem no *Decálogo* judaico, nem em todo o *Pentateuco*! Foi preciso que comentadores, ou muito ignorantes, ou tão patifes quanto tolos, torcessem algumas passagens de Jó, que por outro lado não era judeu, para fazer homens mais ignorantes que eles crerem que Jó falara de uma vida futura porque ele disse [29, 25, 26]: "Poderei me erguer de meus despojos depois de um tempo; meu protetor está vivo; recuperarei minha primeira pele, eu o verei na minha carne; guardai-vos, pois, de me vilipendiar e de me perseguir."

Qual a relação, dizei-me, imploro, entre um doente que sofre e que espera sarar e a imortalidade da alma, e o inferno e o paraíso! Se nosso Warburton tivesse se limitado a demonstrar que a lei judaica nunca mostrou outra vida, teria prestado um enorme serviço. Mas, pela mais incompreensível demência, quis fazer crer que o caráter grosseiro do *Pentateuco* era uma prova de sua divindade; e, por excesso de orgulho, defendeu essa quimera com a mais extrema insolência. (*Nota de Voltaire*, 1771.)

so que todas as grandes nações vizinhas, caldeus, egípcios, sírios, fenícios, tinham abraçado fazia tanto tempo essa crença útil?

Será possível que Deus tenha prescrito aos judeus a maneira de defecar no deserto[24] e lhes ocultado o dogma de uma vida futura? Heródoto nos conta que o famoso templo de Tiro fora construído 2 300 anos antes dele. Dizem que Moisés conduziu seu bando pelo deserto cerca de 1600 anos antes de nossa era. Heródoto escreveu 500 anos antes desta era vulgar: portanto, o templo dos fenícios existia 1 200 anos antes de Moisés; portanto, a religião fenícia estava estabelecida fazia mais tempo ainda. Essa religião anunciava a imortalidade da alma, tal como os caldeus e os egípcios. A horda judaica nunca teve esse dogma como fundamento de sua seita. Dizem que era um povo grosseiro ao qual Deus se adequava. Deus se adequar! E a quem? A ladrões judeus! Deus ser mais grosseiro que eles! Isso não é uma blasfêmia?

....

24. O deão Swift dizia que, segundo o *Pentateuco*, Deus cuidara muito mais do traseiro dos judeus do que de suas almas. (*Id.*, 1771.) Ver o Dt 23, 12, 13 e julgareis que o deão tinha efetivamente razão. (*Id.*, 1776.) – Numa nota sobre o *Deuteronômio* (ver *La Bible enfin expliquée*), Voltaire atribui a Collins a piada que relata aqui como sendo de Swift.

CAPÍTULO IV[25]

Quem é o autor do Pentateuco?

Perguntam-me quem é o autor do *Pentateuco*: gostaria igualmente que me perguntassem quem escreveu *Os quatro filhos de Aymon, Roberto, o Diabo*, e a história do encantador Merlin.

Newton, que se aviltou a ponto de examinar seriamente essa questão, pretende que foi Samuel quem escreveu aqueles desvarios, aparentemente para tornar os reis odiosos para a horda judaica, que aquele detestável sacerdote queria governar. Quanto a mim, penso que os judeus só aprenderam a ler e escrever durante seu cativeiro entre os caldeus, dado que seu alfabeto foi primeiro caldeu e, em seguida, siríaco; jamais conhecemos um alfabeto puramente hebreu.

Conjeturo que Esdras forjou todas aquelas *histórias do tonel*[26] na volta do cativeiro. Escreveu-os em letras caldéias, no jargão da região, tal como camponeses do norte da Irlanda escreveriam hoje em caracteres ingleses.

Os cuteus, habitantes da Samaria, escreveram esse mesmo *Pentateuco* em letras fenícias, que eram os caracteres correntes de sua nação, e temos até hoje esse *Pentateuco*.

....

25. Este capítulo foi agregado em 1767; ver a nota 1.
26. *Le Conte du Tonneau* [A história de um tonel], obra faceciosa de Swift, foi traduzido para o francês por Van Effen, 1721, três volumes in-12.

Creio que Jeremias tenha contribuído bastante para a composição desse romance. Como se sabe, Jeremias tinha forte ligação com os reis da Babilônia; é evidente, por suas rapsódias, que era pago pelos babilônios e traía seu povo: está sempre querendo que se rendam ao rei da Babilônia. Na época, os egípcios eram inimigos dos babilônios. É para agradar ao grande rei senhor de Hershalaim Kedusha, por nós chamada de Jerusalém[27], que Jeremias e em seguida Esdras inspiram tanto horror pelos egípcios aos judeus. Guardam-se de dizer o que quer que seja contra os povos do Eufrates. São escravos que adulam os amos. De fato, reconhecem que a horda judaica esteve quase sempre escravizada; mas respeitam aqueles a quem serviam então.

Que outros judeus tenham escrito os fatos e feitos de seus reizetes é algo que me importa tão pouco quanto as histórias dos cavaleiros da Távola Redonda e dos doze pares de Carlos Magno; e considero a mais fútil de todas as investigações saber o nome do autor de um livro ridículo.

Quem foi o primeiro a escrever a história de Júpiter, de Netuno e de Plutão? Nem imagino e não me preocupo em sabê-lo.

Existe uma muito antiga Vida de Moisés escrita em hebraico[28], mas que não foi incluída no cânon judaico. É de autoria ignorada, da mesma maneira como se ignoram os autores dos outros livros judeus; está escrita no estilo das *Mil e uma noites*, que é o de toda a antiguidade asiática. Eis algumas amostras.

....

27. Hershalaim era o nome de Jerusalém, e Kedusha era seu nome secreto. Todas as cidades tinham um nome misterioso cuidadosamente escondido dos inimigos, por medo de que eles usassem esse nome em encantamentos e dessa forma se tornassem senhores da cidade. No final das contas, os judeus talvez não fossem mais supersticiosos que seus vizinhos; apenas foram mais cruéis, mais usurários e mais ignorantes. (*Nota de Voltaire*, 1771.)

28. Essa vida de Moisés foi impressa em Hamburgo, em hebraico e em latim (*Id.*, 1767.)

No ano 130 depois da transmigração dos judeus para o Egito, sessenta anos depois da morte de José, o faraó, durante seu sono, viu em sonho um ancião que segurava nas mãos uma balança. Num dos pratos estavam todos os egípcios com seus filhos e mulheres; no outro, uma única criança de peito, que pesava mais que o Egito inteiro. O rei mandou chamar imediatamente todos seus feiticeiros, que ficaram tomados de espanto e temor. Um dos conselheiros do rei adivinhou que haveria uma criança hebréia que seria a ruína do Egito. Aconselhou o rei a mandar matar todos os meninos pequenos da nação judaica.

A aventura de Moisés salvo das águas é mais ou menos igual à do *Êxodo*. Moisés foi inicialmente chamado de Schabar e sua mãe de Joquebed. Aos três anos, Moisés, brincando com o faraó, pegou sua coroa e colocou-a sobre a cabeça. O rei quis mandar matá-lo, mas o anjo Gabriel desceu do céu e rogou ao rei que não fizesse nada. "É uma criança", disse ele, "que fez isso sem qualquer malícia. Para vos provar quanto ele é simples, mostrai-lhe um rubi e um carvão em brasa e vereis que ele escolherá o carvão." O rei fez a experiência; o pequeno Moisés não hesitou em escolher o rubi; mas o anjo Gabriel o escamoteou e pôs o carvão em brasa no lugar; o pequeno Moisés queimou a mão até os ossos. O rei o perdoou pensando ser ele um tolo. Assim Moisés, tendo sido salvo pela água, foi mais uma vez salvo pelo fogo.

Todo o resto da história segue no mesmo tom. É difícil decidir qual a mais admirável: essa fábula de Moisés ou a fábula do *Pentateuco*. Deixo essa questão para aqueles que têm mais tempo a perder que eu. Mas admiro sobretudo os pedantes, como Grócio, Abbadie e até o abade Houteville[29],

....
29. Ver tomo XXIII, p. 32.

por muito tempo intermediário de um coletor de impostos de Paris, depois secretário do famoso cardeal Dubois, da boca de quem ouvi que duvidava que algum cardeal fosse mais ateu que ele. Todas essas pessoas gastam o cérebro para fazer crer (coisa em que não crêem em absoluto) que o *Pentateuco* é de Moisés. Eh! meus amigos, que provaríeis com isso? Que Moisés era um louco. Eu com certeza mandaria trancafiar em Bedlam[30] um homem que hoje escrevesse tamanhas extravagâncias.

----

30. Bedlam, o asilo de loucos em Londres. (*Nota de Voltaire*, 1767.)

CAPÍTULO V[31]

Que os judeus pegaram tudo das outras nações

Como já se disse amiúde, é o pequeno povo escravizado que tenta imitar os amos; é a nação fraca e grosseira que se conforma grosseiramente aos usos da grande nação[32]. É a Cornualha que macaqueia Londres e não Londres que macaqueia a Cornualha. Haverá algo mais natural do que os judeus terem pego o que puderam do culto, das leis e dos costumes de seus vizinhos?

Já estamos certos de que o Deus deles, pronunciado por nós Jeová e por eles Iaho, era o nome inefável do deus dos fenícios e dos egípcios; esta era uma coisa conhecida na antiguidade. Clemente de Alexandria, no primeiro livro de sua *Stromata*, relata que aqueles que entravam nos templos do Egito eram obrigados a usar uma espécie de talismã composto da palavra Iaho; e, quando se sabia pronunciar essa palavra de um certo modo, aquele que a escutasse caía morto instantaneamente ou ao menos desmaiava. Ao menos era disso que os charlatães dos templos tentavam persuadir os supersticiosos.

É sabido que a figura da serpente, os querubins, a cerimônia da vaca vermelha, as abluções depois chamadas de

....
31. Adição de 1767; ver a nota 1.
32. Ver tomo XI, p. 41; XX, 98, na nota.

batismo, as vestes de linho reservadas aos padres, os jejuns, a abstinência do porco e de outras carnes, a circuncisão, o bode expiatório, tudo, enfim, foi imitado do Egito.

Os judeus reconhecem que só tiveram um templo bem mais tarde e mais de quinhentos anos depois do seu Moisés, conforme a sua cronologia, sempre equivocada. Acabaram invadindo uma cidadezinha na qual ergueram um templo imitando os grandes povos. O que tinham antes disso? Uma arca. Era o costume dos nômades e dos povos cananeus do interior das terras, que eram pobres. Uma antiga tradição da horda judia referia que, quando ela foi nômade, ou seja, quando errou pelos desertos da Arábia Pétrea, carregava uma arca onde estava o simulacro grosseiro de um deus chamado Renfã ou uma espécie de estrela talhada na madeira[33]. Encontraremos vestígios desse culto em alguns profetas e sobretudo nos supostos discursos que os *Atos dos apóstolos*[34] põem na boca de Estêvão.

Segundo os próprios judeus, os fenícios (que chamavam de filisteus) tinham o templo de Dagon antes de o bando judaico ter uma casa. Se as coisas eram assim, se todo o culto deles no deserto consistia numa arca em honra do deus Renfã, que não passava de uma estrela reverenciada pelos árabes, fica claro que os judeus nada mais eram, na sua origem, que um bando de árabes errantes que se esta-

---

33. Oferecestes-me sacrifícios no deserto durante quarenta anos? Levastes convosco o tabernáculo de Moloc e de vosso deus Renfã? (At 7, 43; Am 5, 26; Jr 32, 35.) Aí temos singulares contradições. Juntai a isso a história do ídolo de Mica, adorado por toda a tribo de Dan e servido até por um neto de Moisés, tal como o leitor pode verificar no livro dos *Juízes*, caps. XVII e XVIII. Contudo, é esse acervo de absurdos contraditórios que vale doze mil guinéus de renda a milorde de Kenterbury e um reino para um padre que pretende ser o sucessor de Cefas e que simplesmente se instalou em Roma no lugar do imperador. (*Nota de Voltaire*, 1766.)

34. Capítulo VII.

beleceram por meio da pilhagem na Palestina e que acabaram criando uma religião à sua moda e compuseram para si uma história cheia de fábulas. Pegaram parte da fábula do antigo *Back* ou *Baco*, com a qual fizeram seu *Moisés*. No entanto, o que indigna os sábios é que essas fábulas sejam reverenciadas por nós; que tenhamos feito delas a base de nossa religião e que essas mesmas fábulas ainda tenham certo crédito no século da filosofia. A Igreja cristã canta as orações judaicas e manda queimar quem quer que judaíze. Que lamentável! Que contradição! E que horror!

CAPÍTULO VI

O *Gênesis*

Todos os povos de que os judeus estavam rodeados tinham uma *Gênese*, uma *Teogonia*, uma *Cosmogonia*, bem antes de esses judeus existirem. Não se vê de forma evidente que o *Gênesis* dos judeus foi tirado das antigas fábulas de seus vizinhos?

Iaho, o antigo deus dos fenícios, pôs ordem no caos, o Chautereb[35]; arrumou Muth, a matéria; formou o homem com seu sopro, Calpi; fê-lo habitar um jardim, Aden ou Éden; defendeu-o da grande serpente Ofioneu, como diz o antigo fragmento de Ferecides. Quanta conformidade com o *Gênesis* judaico! Não é natural que o pequeno povo grosseiro tenha, no correr dos tempos, emprestado as fábulas do grande povo[36] inventor das artes?

Outra idéia difundida na Ásia era a de que Deus formara o mundo em seis tempos, chamados pelos caldeus, tão anteriores aos judeus, de *seis gahambars*.

Esta era também uma idéia dos antigos hindus. Os judeus, que escreveram o *Gênesis*, não passam, pois, de imitadores; mesclaram os próprios absurdos a essas fábulas, e é preciso reconhecer que não podemos deixar de rir quando

----

35. Ver o § XIII da *Introduction à l'Essai sur les Moeurs*, tomo XI, p. 40.
36. Ver p. 23.

vemos uma serpente conversando familiarmente com Eva, Deus falando com a serpente, Deus passeando todos os dias ao meio-dia no jardim do Éden, Deus fazendo calças para Adão e uma tanga para Eva, a mulher dele. Todo o resto parece igualmente insensato; até mesmo muitos judeus coraram diante disso; posteriormente, trataram essas imaginações de fábulas alegóricas. Como poderíamos tomar ao pé da letra o que os judeus consideraram como sendo contos?

Nem a história dos *Juízes*, nem a dos *Reis*, nem nenhum profeta cita uma única passagem do *Gênesis*. Ninguém falou nem da costela de Adão, tirada de seu peito para com ela moldar uma mulher, nem da árvore do conhecimento do bem e do mal, nem da serpente que seduziu Eva, nem do pecado original, em suma, de nenhuma dessas imaginações. Mais uma vez, cabe a nós crer nelas?

Suas rapsódias demonstram que pilharam todas as suas idéias dos fenícios, caldeus e egípcios, assim como pilharam seus bens sempre que puderam. O próprio nome Israel foi tomado dos caldeus, como confessa Fílon na primeira página do relato de sua missão junto a Calígula[37]; e seríamos muito imbecis em nosso Ocidente se pensássemos que tudo o que esses bárbaros do Oriente roubaram era propriedade deles!

....
37. São estas as palavras de Fílon: "Os caldeus dão aos justos o nome de Israel, vendo Deus." (*Nota de Voltaire*, 1771.)

CAPÍTULO VII

Os costumes dos judeus

Se passarmos das fábulas dos judeus aos costumes desse povo, não são eles tão abomináveis quanto seus contos são absurdos? Como eles mesmos reconhecem, são um povo de ladrões que carregam para um deserto tudo o que roubaram dos egípcios. O líder deles, Josué, atravessa o Jordão por um milagre semelhante ao milagre do mar Vermelho; para quê? Para pôr a fogo e a sangue uma cidade que não conhecia, uma cidade cujos muros seu Deus faz cair ao som da trombeta.

As fábulas dos gregos eram mais humanas. Anfion erguia cidades ao som da flauta, Josué as destrói; submete ao ferro e às chamas idosos, mulheres, crianças e animais: existe horror mais insano? Perdoa apenas uma prostituta que traíra sua pátria; que necessidade tinha ele da perfídia dessa infeliz, já que sua trombeta fazia ruir os muros, assim como a de Astolfo fazia todo o mundo fugir? E notemos de passagem que essa mulher, chamada Raab, a meretriz, é uma das avós daquele judeu do qual depois fizemos um deus, deus este que ainda conta, dentre aquelas de que nasceu, com a incestuosa Tamar, a impudente Rute e a adúltera Betsabéia.

Contam-nos a seguir que esse mesmo Josué[38] mandou enforcar trinta e um reis da região, ou seja, trinta e um ca-

....
38. XII, 24.

pitães de cidades que tinham lutado por seus lares contra esse bando de assassinos. Se o autor dessa história tivesse o propósito de tornar os judeus execráveis aos olhos das outras nações, teria agido de outra forma? O autor, para aliar a blasfêmia à pilhagem e à barbárie, ousa dizer que todas essas abominações eram cometidas em nome de Deus, por ordem expressa de Deus, e eram sacrifícios de sangue humano oferecidos a Deus.

É esse o povo santo! Os hurons, os canadenses, os iroqueses com certeza foram filósofos cheios de humanidade comparados aos filhos de Israel; e é para beneficiar esses monstros que fazem o Sol e a Lua se deterem[39] em pleno meio-dia! E para quê? Para lhes dar tempo de perseguir e matar pobres amorreus já esmagados por uma chuva de grandes pedras que Deus lançara sobre eles do alto dos céus durante cinco grandes léguas de caminho. Seria a história de Gargântua? Seria a do povo de Deus? O que é mais insuportável aqui? O excesso de horror ou o excesso de ridículo? E não seria talvez mais ridículo ainda divertir-se em combater esse detestável acervo de fábulas que ultrajam ao mesmo tempo o bom senso, a virtude, a natureza e a Divindade? Se por alguma infelicidade uma única das aventuras desse povo fosse verídica, todas as nações teriam se reunido para exterminá-lo; se são falsas, não é possível mentir de forma mais tola.

Que dizer de um Jefté que imola a própria filha a seu Deus sanguinário, do ambidestro Aod que assassina Eglom, seu rei, em nome do Senhor, e da divina Jael, que assassina o general Sísara com um prego que ela lhe enfia na cabeça; e do devasso Sansão, que Deus favorece com tantos milagres, grosseira imitação da fábula de Hércules?

....
39. Js 10, 11, 12, 13.

Deveremos falar de um levita que chega montado em seu jumento com sua concubina, e da palha e do feno, em Gabaa, da tribo de Benjamim? E eis os benjaminitas querendo cometer o pecado da sodomia com esse desprezível sacerdote, assim como os sodomitas haviam querido cometê-lo com anjos[40]. O levita se entendeu com eles e lhes entregou a amante ou a mulher, da qual desfrutaram toda a noite e que por isso morreu na manhã seguinte. O levita corta a concubina em doze pedaços com sua faca, embora isso não seja uma coisa tão fácil de fazer, e disso decorre uma guerra civil.

As onze tribos[41] armam quatrocentos mil soldados contra a tribo de Benjamim. Quatrocentos mil soldados, santo Deus! Num território que não tinha na época quinze léguas de comprimento por cinco ou seis de largura. O Grão Turco nunca teve nem a metade de um exército desses. Esses israelitas exterminam a tribo de Benjamim, velhos, jovens, mulheres, moças, conforme seu louvável costume. Escapam seiscentos rapazes. Não é bom que uma das tribos pereça: é preciso dar ao menos seiscentas moças para esses seis-

....
40. O ilustre autor esqueceu de falar dos anjos de Sodoma. Mas valia a pena fazê-lo neste artigo. Se alguma vez houve abominações extravagantes na história do povo judeu, a dos anjos que os magistrados, os carregadores e até os menininhos de uma cidade querem violentar de qualquer forma é um horror que nenhuma fábula pagã iguala e que arrepia cabelos. E ainda ousam comentar essas abominações! E exigem que a juventude as respeite! E têm a insolência de lastimar os brâmanes da Índia e os magos da Pérsia, a quem Deus não revelara essas coisas e que não eram o povo de Deus! E há entre nós almas vis suficientemente covardes e impudentes para nos dizer: Crede nessas infâmias, crede ou a ira de um Deus vingador recairá sobre vós; crede ou nós vos perseguiremos onde for, no consistório, no conclave, no tribunal eclesiástico, no juizado ou no bar. Até quando espertalhões farão sábios tremer? (*Nota de Voltaire*, 1771.) Qual o homem de bem que não se comove com tantos horrores? E toleram-nos! Que estou a dizer? Adoram-nos! Quantos imbecis, e quantos monstros! (*Id.*, 1776.)
41. Jz 20, 2. (*Id.*)

centos rapazes. Que fazem os israelitas? Havia nas cercanias uma cidadezinha chamada Jabes; tomam-na de assalto, matam todos, massacram todos, até os animais, reservam quatrocentas moças para quatrocentos benjaminitas. Falta prover duzentos rapazes; combina-se com eles que raptarão duzentas moças de Silo quando elas forem dançar às portas de Silo. Vamos lá, Abbadie, Sherlockh, Houteville e consortes, façam frases para justificar essas fábulas de canibais; provai que tudo isso é um tipo, uma figura que nos anuncia Jesus Cristo.

CAPÍTULO VIII

Os costumes dos judeus sob seus melchim ou reizetes e sob seus pontífices, até a destruição de Jerusalém pelos romanos

Os judeus têm um rei apesar do sacerdote Samuel, que faz tudo o que pode para conservar sua autoridade usurpada[42]; e ele tem a ousadia de dizer que *ter um rei é renunciar a Deus*. Por fim, um pastor que procurava jumentas perdidas é eleito rei por sorteio. Os judeus estavam então sob o jugo dos cananeus; nunca haviam tido um templo; seu santuário, como vimos[43], era uma arca que punham numa charrete: os cananeus tinham-lhes tomado a arca. Deus, embora tivesse ficado muito irritado com isso, deixara que a tomassem; mas, para se vingar, provocara hemorróidas nos vencedores e enviara ratos a seus campos. Os vencedores apaziguaram-no devolvendo-lhe a arca acompanhada de cinco ratos de ouro e cinco buracos do cu também de ouro[44]. Não há vingança ou oferenda mais digna do Deus dos judeus. Ele perdoa os cananeus, mas faz morrerem cinqüenta mil e setenta homens dos seus por terem olhado a arca.

É nessas belas circunstâncias que Saul é eleito rei dos judeus. Em sua pequena terra não havia nem espada nem lança; os cananeus ou filisteus não permitiam aos judeus, seus

....
42. Rs 8. (*Id.*)
43. Acima, cap. V, p. 22.
44. 1 Rs 6, 5. (*Nota de Voltaire.*)

escravos, afiar nem as relhas de suas carroças nem seus machados; obrigavam-nos a recorrer aos operários filisteus para esses pequenos serviços: apesar disso, contam-nos que o rei Saul[45] teve inicialmente um exército de trezentos mil homens, com os quais ganhou uma grande batalha[46]. Nosso Gulliver tem fábulas parecidas, mas não tamanhas contradições.

Esse Saul, numa outra batalha, fez uma concessão ao rei Agag. O profeta Samuel vem da parte do Senhor e lhe diz[47]: *Por que não mataste todos?* Então, pegando um cutelo sagrado, corta em pedaços o rei Agag. Se tal ato for verídico, que povo era o povo judeu e que sacerdotes eram seus sacerdotes!

Saul, reprovado pelo Senhor por não ter ele mesmo cortado em pedaços o rei Agag, seu prisioneiro, vai finalmente combater contra os filisteus depois da morte do doce profeta Samuel. Consulta uma mulher que tem o espírito de pitonisa sobre o sucesso da batalha: sabe-se que as mulheres que têm o espírito de pitonisa fazem aparecer sombras. A pitonisa mostra a Saul a sombra de Samuel, que saía da terra. Mas isso só interessa à bela filosofia do povo judeu: passemos à sua moral.

Um tocador de harpa, por quem o Eterno tinha terna afeição, fez-se sagrar rei enquanto Samuel ainda vivia; ele se revolta contra seu soberano; reúne quatrocentos infelizes e, como diz a Sagrada Escritura[48], "todos aqueles que estavam em situação difícil, que estavam afogados em dívidas e tinham mau caráter juntaram-se a ele".

Era um homem *segundo o coração de Deus*[49]; por isso, a primeira coisa que quer fazer é assassinar um proprietário

---
45. 1 Rs 11, 8. (*Id.*)
46. *Ibid.*, 15. (*Id.*)
47. *Ibid.*, 15, 19. (*Id.*)
48. *Ibid.*, 22, 2. (*Id.*)
49. *Ibid.*, 25. (*Id.*)

rural chamado Nabal, que lhe recusa contribuições: desposa sua viúva; desposa dezoito mulheres, sem contar as concubinas[50]; foge para a terra do rei Aquis, inimigo de seu povo; é bem recebido e, como agradecimento, vai saquear as cidades dos aliados de Aquis: mata todos, sem poupar crianças de peito, como ordena sempre o rito judaico, e faz crer ao rei Aquis que saqueou as cidades hebréias. Deve-se reconhecer que nossos salteadores eram menos criminosos aos olhos dos homens; mas os caminhos do Deus dos judeus não são os nossos.

O bom rei Davi toma o trono de Isbaal, filho de Saul. Manda assassinar Meribaal, filho de seu protetor Jônatas. Entrega aos gabaonitas dois filhos de Saul e cinco de seus netos para que fossem enforcados. Assassina Urias para encobrir seu adultério com Betsabéia; e essa abominável Betsabéia, mãe de Salomão, é uma antepassada de Jesus Cristo.

A seqüência da *História judaica* não é mais que uma trama de crimes consagrados. Salomão começa por degolar seu irmão Adonias. Se Deus concedeu a Salomão o dom da sabedoria, parece ter lhe recusado os da humanidade, da justiça, da continência e da fé. Ele tem setecentas mulheres e trezentas concubinas. O cântico a ele atribuído é ao gosto dos livros eróticos que fazem corar o pudor. Ali só se fala de seios, de beijos na boca, de ventre que parece um monte de trigo, de atitudes voluptuosas, de dedos colocados na abertura, de estremecimento; e, por fim, termina por dizer: "Que faremos por nossa irmãzinha? Ela ainda não tem seios; se for um muro, construamos em cima dele; se for uma porta, fechemo-la." Tais são os costumes do mais sábio dos judeus ou, ao menos, os costumes que lhe atribuem com respeito miseráveis rabinos e teólogos cristãos ainda mais absurdos.

....
50. *Ibid.*, 27. (*Id.*)

Enfim, para somar a esse excesso de impureza o excesso do ridículo, a seita dos papistas decidiu que o ventre de Sulamita e sua abertura, seus seios e seus beijos na boca são o emblema, o tipo do casamento de Jesus Cristo com sua Igreja[51].

De todos os reis de Judá e da Samaria, apenas poucos não são assassinos ou assassinados, até que finalmente essa corja de ladrões, que se massacravam uns aos outros em praça pública e no templo enquanto Tito os assediava, cai sob a espada e sob o jugo dos romanos com o resto desse pequeno povo de Deus, do qual dez doze avos se dispersaram fazia tempo pela Ásia, e é vendida nos mercados das cidades romanas, cada cabeça judia avaliada ao preço de um porco, animal menos impuro que essa nação, caso ela tenha sido tal como seus historiadores e seus profetas relatam.

Ninguém pode negar que os judeus tenham escrito essas abominações. Assim reunidas diante de nossos olhos, o coração se rebela. São esses os arautos da Providência, os precursores do reino de Jesus! Toda a história judaica, segundo vós, ó Abbadie! é a predição da Igreja; todos os profetas predisseram Jesus; examinemos, pois, os profetas.

---

51. Sabe-se que os teólogos cristãos fazem esse livro impudico passar por uma predição do casamento de Jesus Cristo com sua Igreja. Como se Jesus pegasse os seios de sua Igreja e pusesse a mão na sua abertura; e em que se baseia essa bela explicação? No fato de que *Christus* é masculino, e *ecclesia* feminino. Mas se, em vez do feminino *ecclesia*, tivessem empregado a palavra masculina *coetus*, *conventus*, que teria acontecido? Que notário terá feito esse contrato de casamento? (*Nota de Voltaire*.) – As últimas oito palavras desta nota foram publicadas, pela primeira vez, nas edições de Kehl. O resto é de 1771. (B.)

CAPÍTULO IX

Os profetas

Profeta, *nabi, roeh, prenunciador, vidente, adivinho*, é a mesma coisa. Todos os antigos autores concordam que os egípcios, os caldeus, todas as nações asiáticas tinham seus profetas, seus adivinhos. Essas nações eram bem anteriores ao pequeno povo judeu, que, depois de ter constituído uma horda num canto da terra, teve como única língua a de seus vizinhos e que, como dissemos alhures[52], tomou dos fenícios até o nome de Deus: Eloha, Jeová, Adonai, Shadai; que, em suma, pegou todos os ritos e todos os usos dos povos que o circundavam, sempre declamando contra esses mesmos povos.

Alguém disse[53] que o primeiro adivinho, o primeiro profeta foi o primeiro embusteiro que encontrou um imbecil; portanto, a profecia é da mais remota antiguidade. À fraude adicionemos ainda o fanatismo; esses dois monstros vivem facilmente juntos nos cérebros humanos. Vimos chegar a Londres, em bandos, do interior de Languedoc e de Vivarais, profetas, idênticos aos dos judeus, para aliar o mais horrível entusiasmo às mais abjetas mentiras. Vimos Jurieu profetizar na Holanda. Em todos os tempos existiram

---

52. Ver tomo XI, p. 40; XX, 98; e XXIV, 441.
53. O próprio Voltaire; ver tomo XI, p. 88.

tais impostores e não só miseráveis que faziam predições, mas outros miseráveis que inventavam profecias feitas por antigos personagens.

O mundo esteve cheio de sibilas e de Nostradamus. O *Alcorão* conta duzentos e vinte e quatro mil profetas. O bispo Epifânio, nas suas notas sobre o suposto cânon dos apóstolos, conta setenta e três profetas judeus e dez profetisas. O ofício de profeta entre os judeus não era nem uma dignidade, nem um grau, nem uma profissão oficiais; não se era reconhecido profeta como se é reconhecido doutor em Oxford ou em Cambridge: profetizava quem queria; bastava ter ou acreditar ter ou fingir ter a vocação e a inspiração divinas. Anunciava-se o futuro dançando e tocando saltério. Saul, embora reprovado, atreveu-se a ser profeta. Nas guerras civis, cada lado tinha seus profetas, como nós temos nossos escritores da Grub-street[54]. Os dois lados tratavam-se mutuamente de loucos, de visionários, de mentirosos, de embusteiros, e só nisso diziam a verdade. *Scitote Israel stultum prophetam, insanum virum spiritualem*[55], diz Oséias, segundo a *Vulgata*.

Os profetas de Jerusalém são extravagantes, homens sem fé, diz Sofonias, profeta de Jerusalém[56]. São todos como nosso boticário Moore, que põe em nossas gazetas: *Tomai minhas pílulas, cuidado com as imitações.*

Como o profeta Miquéias predissesse desgraças para os reis de Samaria e de Judá, o profeta Sedecias aplica-lhe uma tremenda bofetada e lhe diz: *Como o espírito de Deus se retirou de mim para falar contigo?*[57]

....

54. Grub-street é a rua onde é impressa a maioria dos panfletos ruins feitos diariamente em Londres. (*Nota de Voltaire*, 1767.)

55. Os 9, 7. (*Id.*)

56. Sf 3, 4. (*Id.*)

57. 2 Pr 28, 23. (*Id.*). *Paralipômenos* é como se intitula *Crônicas* na versão grega dos LXX. [N. da T.]

Jeremias, que profetizava a favor de Nabucodonosor, tirano dos judeus, pusera cordas no pescoço[58] e uma sela ou um jugo nas costas, pois aquilo era um tipo; e ele devia enviar aquele tipo aos reizetes vizinhos para convidá-los a se submeterem a Nabucodonosor. O profeta Ananias, que considerava Jeremias um traidor, arranca-lhe as cordas[59], rompe-as e atira o jugo no chão.

Aqui vemos Oséias, a quem Deus ordena pegar uma p.... e ter filhos da p......[60]: *Vade, sume tibi uxorem fornicationum, et fac tibi filios fornicationum*, diz a *Vulgata*. Oséias obedece prontamente; pega Gomer, filha de Diblaim; tem com ela três filhos: assim, essa profecia e essa indecência duraram pelo menos três anos. Isso não basta para o Deus dos judeus; ele quer que Oséias[61] deite com uma mulher que já tenha posto chifres no marido. Custa para o profeta apenas quinze dracmas e um alqueire e meio de cevada: bastante barato para um adultério[62]. Ao patriarca Judá, custara menos ainda seu incesto com a nora Tamar.

Ali, vemos Ezequiel[63] que, depois de ter recebido de Deus a ordem de dormir trezentos e noventa dias sobre o lado esquerdo e quarenta sobre o lado direito, engolir um livro de pergaminho e comer um *sir reverend*[64] com o pão, apresenta o próprio Deus, criador do mundo, nos seguintes

---

58. Jr 27, 2.
59. *Ibid.*, 28, 10.
60. Os 1. *(Nota de Voltaire.)*
61. *Ibid.*, 3. *(Id.)*
62. Notai que o profeta se serve da expressão *fodi eam*: eu a f... Ó abominação! Colocam esses livros infames nas mãos dos rapazes e das moças, e sedutores arrastam essas jovens vítimas para conventos! *(Id.*, 1771.)
63. Ez 4. *(Id.)*
64. Um *sir reverend*, em inglês, é um cocô. *(Id.*, 1767.) Quê?! Deus teria, com suas próprias palavras, ordenado a um profeta comer merda durante trezentos e noventa dias, deitado do lado esquerdo! Que louco de Bedlam, deitado no meio de seus excrementos, poderia imaginar esses repugnantes hor-

termos à jovem Oola: "Cresceste e te tornaste grande, desenvolveram-se teus seios, teus pêlos começaram a surgir; eu cobri tua nudez, mas começaste a levar vida dissoluta; abriste as pernas para todos os passantes... Tua irmã Ooliba prostituiu-se com mais ardor[65]; procurou aqueles que têm membro de jumento e cujo fluxo é como o dos cavalos."

Nosso amigo general Withers, para quem leram um dia essas profecias, perguntou em que b..... haviam sido escritas as Sagradas Escrituras[66].

Raramente lêem-se as profecias; é difícil manter a leitura desses longos e enormes galimatias. As pessoas mundanas, que leram *Gulliver* e *Atlantis*, não conhecem nem Oséias nem Ezequiel.

Quando se mostram a pessoas sensatas essas passagens execráveis, perdidas na barafunda das profecias, elas mal conseguem se recuperar de seu espanto. Não conseguem conceber que um Isaías[67] ande nu em pêlo no meio de Jerusalém, que um Ezequiel[68] divida a barba cortada em três porções, que um Jonas[69] passe três dias no ventre de uma baleia etc. Se lessem essas extravagâncias e essas impurezas num dos livros chamados profanos, descartariam o livro com horror. Trata-se da Bíblia: elas ficam confusas; hesitam, condenam essas abominações, mas inicialmente não ousam condenar o livro que as contém. Só com o passar do tempo ousam fazer uso de seu bom senso e acabam finalmente detestando o que embusteiros e imbecis as fizeram adorar.

....

rores? E eles são contados para um povo que calculou a gravidade e a aberração da luz das estrelas fixas! (*Id.*, 1776.)

65. Ez 23. (*Id.*)
66. Ver, em *La Bible enfin expliquée*, uma das notas sobre o segundo livro de *Reis*.
67. Is 20, 2.
68. Ez 5, 2.
69. Jn 2, 1.

Quando foram escritos esses livros sem razão e sem pudor? Ninguém sabe. A opinião mais verossímil é a de que a maioria dos livros atribuídos a Salomão, a Daniel e a outros foi feita em Alexandria; mas que importam, repito, o tempo e o lugar? Não basta ver a evidência de que são o cúmulo da mais desmedida insânia e do mais infame deboche?

Como podem então os judeus os terem venerado? Por serem judeus. Deve-se ainda considerar que todos esses cúmulos de extravagância só eram conservados pelos sacerdotes e pelos escribas. Sabe-se quanto esses livros eram raros em todos os lugares aonde a imprensa, inventada pelos chineses, só chegou tão mais tarde. Ficaremos ainda mais espantados ao ver os Padres da Igreja adotarem esses abjetos desvarios ou alegarem-nos como prova de sua seita.

Passemos finalmente do Antigo para o Novo Testamento. Passemos a Jesus e ao estabelecimento do cristianismo; e, para chegar aí, desconsideremos os assassinatos de tantos reis e as crianças atiradas ao fogo no vale de Tofet, ou esmagadas nas torrentes sob pedras. Pulemos essa seqüência pavorosa e ininterrupta de horrores sacrílegos. Miseráveis judeus! Foi portanto entre vocês que nasceu um homem da ralé que portava o nome comuníssimo de Jesus! Vejamos quem era esse Jesus.

CAPÍTULO X

A pessoa de Jesus

Jesus nasceu num tempo em que o fanatismo ainda dominava, mas em que havia um pouco mais de decência. O longo comércio dos judeus com os gregos e os romanos dera aos principais da nação costumes um pouco menos desarrazoados e grosseiros. Mas a populaça, sempre incorrigível, conservava seu espírito de demência. Alguns judeus, oprimidos pelos reis da Síria e pelos romanos, imaginaram então que seu Deus lhes enviaria um dia um libertador, um messias. Essa expectativa deveria ser naturalmente satisfeita por Herodes. Era o seu rei, aliado dos romanos, reconstruíra seu templo, cuja arquitetura superava em muito a do templo de Salomão, pois preenchera um precipício sobre o qual aquele edifício estava assentado. O povo não gemia mais sob uma dominação estrangeira; pagava impostos apenas a seu monarca; o culto judaico florescia, as leis antigas eram respeitadas; Jerusalém, deve-se reconhecer, estava no auge de seu esplendor.

O ócio e a superstição fizeram nascer diversas facções ou sociedades religiosas, saduceus, fariseus, essênios, judaítas, terapeutas, joanistas ou discípulos de João; mais ou menos como os papistas têm molinistas, jansenistas, jacobinos e franciscanos. Mas na época ninguém falava da espera do messias. Nem Flávio Josefo, nem Fílon, que tão minuciosamente escreveram a história judaica, dizem que a gente estava persuadida de que viria um cristo, um ungido, um libertador, um redentor, do qual nunca tinham necessitado tão pouco; e, se havia um messias, era Herodes. Houve com efeito um partido, uma seita, denominada herodianos, que reconheceu Herodes como enviado de Deus[70].

Desde sempre esse povo dera o nome de ungido, de messias, de cristo, a quem quer que lhe tivesse feito um pouco de bem: ora a seus pontífices, ora aos príncipes estrangeiros. O judeu que compilou os desvarios de Isaías o faz dizer[71], mediante uma covarde lisonja bem digna de um judeu escravo: "Assim disse o Eterno a Ciro, seu ungido, seu messias, de quem tomei a mão direita para subjugar diante dele as nações." O quarto livro de *Reis*[72] chama o celerado Jeú de ungido, messias. Um profeta anuncia a Hazael[73], rei de Damasco, que ele é messias e ungido do Altíssimo. Ezequiel diz ao rei de Tiro[74]: "És um querubim, um ungido, um messias, o sinete da semelhança com Deus." Se esse rei de Tiro soubesse que lhe davam tais títulos na Judéia, teria dependido apenas dele fazer-se uma espécie de deus; o direito a isso parecia bem claro, supondo que Eze-

....
70. Essa seita dos herodianos não durou muito. O título de enviado de Deus era um nome dado indiscriminadamente a quem quer que lhes tivesse feito bem, seja a Herodes, o Árabe, seja a Judas Macabeu, seja aos reis persas, seja aos babilônios. Os judeus de Roma celebraram a festa de Herodes até a época do imperador Nero. Pérsio o diz expressamente (sat. V, v. 180):

> Herodis venere dies, unctaque fenestra
> Dispositae pinguem nebulam vomuere lucernae;
> . . . . . . Tumet alba fidelia vino.

(*Nota de Voltaire*, 1771.)

71. Is 45, 1.
72. Está em 2 Pr 22, 7. [Ver, acima, observação da tradutora na nota 57.]
73. 4 Rs 8, 13.
74. 28, 12, 14, 16.

quiel estivesse inspirado. Os evangelistas não disseram tanto de Jesus.

De qualquer modo, é certo que nenhum judeu esperava, desejava, anunciava um ungido, um messias, nos tempos de Herodes, o Grande, época em que dizem ter nascido Jesus. Quando, depois da morte de Herodes, o Grande, a Judéia foi governada como província romana e um outro Herodes foi empossado pelos romanos como tetrarca do pequeno cantão bárbaro da Galiléia, vários fanáticos meteram-se a pregar à arraia-miúda, sobretudo nessa Galiléia onde os judeus eram mais grosseiros que alhures. Foi assim que Fox[75], um miserável camponês, criou nos dias atuais a seita dos quacres entre os camponeses de uma de nossas províncias. O primeiro a fundar na França uma igreja calvinista foi um cardador de lã chamado João Leclerc. Foi assim que Muncer[76], João de Leyde e outros fundaram o anabatismo entre a arraia-miúda de alguns cantões da Alemanha.

Vi na França os convulsionários instituírem uma pequena seita entre a canalha de uma zona periférica de Paris. Todos os sectários começam assim por toda a Terra. São em sua maioria mendicantes que esbravejam contra o governo e terminam líderes de partido ou enforcados. Jesus foi crucificado em Jerusalém sem ter sido ungido. João Batista já fora condenado ao suplício. Ambos deixaram alguns discípulos entre a ralé. Os de João fixaram-se nas proximidades da Arábia, onde ainda se encontram[77]. Os de Jesus foram inicialmente muito obscuros; mas depois de se associarem a alguns gregos começaram a ser conhecidos.

....

75. Ver tomo XXII, p. 88.
76. Ver tomo XII, p. 299.
77. Esses cristãos de são João estão instalados principalmente em Mosul e perto de Bassora. (*Nota de Voltaire*, 1771.)

Tendo os judeus, no tempo de Tibério, levado mais longe do que de costume seus embustes ordinários, tendo sobretudo seduzido e roubado Fúlvia, mulher de Saturnino, foram expulsos de Roma e só foram readmitidos em troca de muito dinheiro. Foram também severamente punidos sob Calígula e sob Cláudio.

Seus desastres concitaram os poucos galileus que compunham a nova seita a se afastarem da comunhão judaica. Acabaram encontrando algumas pessoas um pouco letradas que se puseram à sua frente e escreveram em defesa deles e contra os judeus. Foi o que produziu essa enorme quantidade de *Evangelhos*, palavra grega que significa *boa nova*. Cada um escrevia uma *Vida de Jesus*, todas elas discordantes, mas todas parecidas pela quantidade de prodígios incríveis que atribuíam à porfia a seu fundador.

A sinagoga, por seu lado, vendo que uma nova seita, nascida em seu seio, espalhava uma *Vida de Jesus* muito injuriosa ao sinédrio e à nação, foi procurar saber quem era aquele homem em quem, até então, não prestara atenção. Desse tempo chegou até nós uma obra medíocre, intitulada *Sepher Toldos Jeschut*[78]. Parece ter sido composta vários anos depois do suplício de Jesus, na época em que compilavam os *Evangelhos*. É um livrinho cheio de prodígios, como todos os livros judeus e cristãos; mas, por mais extravagante que seja, somos obrigados a convir que nele há coisas bem mais verossímeis que nos *Evangelhos*.

No *Toldos Jeschut*, diz-se que Jesus era filho de uma mulher chamada Mirja, casada em Belém com um pobre homem chamado Jocanam. Havia na vizinhança um soldado de nome José Panther, homem de belo porte e de grande beleza; ele se apaixonou por Mirja ou Maria (pois os hebreus,

---

78. Ver tomo XX, pp. 71 ss.

por não escreverem as vogais, muitas vezes confundiam um A com um I). Mirja engravidou por obra de Panther; Jocanam, confuso e desesperado, partiu de Belém e foi se esconder na Babilônia, onde ainda havia muitos judeus. A conduta de Mirja desonrou-a; seu filho Jesu ou Jeschut foi declarado bastardo pelos juízes da cidade. Quando atingiu a idade de ir à escola pública, colocou-se entre os filhos legítimos; fizeram-no sair dessa categoria: daí a sua animosidade contra os sacerdotes, que manifestou quando chegou à idade adulta, prodigalizando-lhes as mais atrozes injúrias, chamando-os de *raça de víboras*[79], *sepulcros caiados*[80]. Finalmente, depois de se envolver numa querela com o judeu Judas sobre assuntos pecuniários bem como sobre temas religiosos, Judas o denunciou ao sinédrio[81]; foi detido, pôs-se a chorar, pediu perdão, mas em vão: foi açoitado, lapidado e em seguida crucificado.

É essa a substância dessa história. Desde então, foram-lhe acrescentadas fábulas insípidas, milagres impertinentes, que causaram muito dano à sua essência; mas o livro já era conhecido no século II; Celso o citou, Orígenes o refutou; chegou até nós muito desfigurado.

O conteúdo que acabo de citar é certamente mais crível, mais natural, mais conforme ao que ocorre todos os dias no mundo do que algum dos cinqüenta *Evangelhos* dos cristícolas. É mais provável que José Panther tenha feito um filho a Mirja do que um anjo tenha vindo pelos ares cumprimentar da parte de Deus a mulher de um carpinteiro, tal como Júpiter enviou Mercúrio para junto de Alcmena[82].

....

79. Mt 12, 34.
80. Mc 23, 27.
81. Mt 23.
82. Encontramos outras particularidades em Suidas, no verbete JESUS. É um artigo curioso e, ademais, um exemplo singular dessas fraudes devotas que tanto se multiplicaram nos séculos de ignorância. Parece ter sido escrito

Tudo o que nos contam sobre esse Jesus é digno do Antigo Testamento e de Bedlam. Fazem vir um tal de *agion pneuma*, um sopro santificado, um Espírito Santo de que nunca se ouvira falar e que desde então passou a ser a terça parte de Deus, o próprio Deus, Deus o criador do mundo. Ele engravidou Maria, o que levou o jesuíta Sanchez a examinar, na sua *Suma Teológica*, se Deus teve muito prazer com Maria, se espalhou descendência e se Maria também espalhou sua descendência[83].

Jesus torna-se, pois, filho de Deus e de uma judia, não ainda o próprio Deus, mas uma criatura superior. Faz milagres. O primeiro milagre que opera é fazer-se levar pelo diabo[84] para o alto de uma montanha da Judéia, de onde se descortinam todos os reinos da Terra. Suas vestes tornam-se totalmente brancas[85]; que milagre! Converte a água em vinho[86] numa refeição onde todos os comensais já estavam ébrios[87].

....

um pouco depois do reinado de Justiniano I, morto em 565, e saberíamos aproximadamente a época em que viveu Suidas se ele fosse o verdadeiro autor desse artigo; mas em seu *Léxico* encontramos vários outros que parecem ser de diferentes mãos, e outros mais que não podem ter sido agregados antes do final do século. Foi o que deu lugar às diversas conjeturas dos críticos sobre essa obra e sobre seu autor. (*Nota de Decroix.*)

83. Ver tomo XXIV, p. 99.
84. Mt 4, 8; Lc 4, 5.
85. Mt 17, 2; Mc 9, 2.
86. Jo 2, 9.
87. É difícil dizer qual o mais ridículo desses supostos prodígios. Muitos optam pelo vinho das núpcias de Caná. Que Deus diga à sua mãe judia [João, 2, 4]: *Mulher, que há entre mim e ti?* já é algo bem estranho; mas que Deus beba e coma com bêbados e que converta seis talhas de água em seis talhas de vinho para esses bêbados, que já tinham bebido até demais, que blasfêmia execrável e impertinente! O hebraico faz uso de uma palavra que corresponde à palavra *bêbado*; a *Vulgata*, cap. II, v. 10, diz *inebriati*, embriagado.

São Crisóstomo, boca de ouro, garante que aquele foi o melhor vinho já bebido; e vários Padres da Igreja afirmaram que aquele vinho significava o sangue de Jesus Cristo na Eucaristia. Ó loucura da superstição, em que abismo de extravagâncias nos mergulhastes! (*Nota de Voltaire*, 1771.)

Faz secar uma figueira[88] que não lhe dera figos para o desjejum no fim de fevereiro; e o autor desse conto tem ao menos a honestidade de notar que não era tempo de figos.

Vai jantar com as moças[89] e depois com os cobradores de impostos; no entanto, na sua história afirmam que ele considera esses cobradores de impostos, esses publicanos, gente abominável[90]. Entra no templo[91], ou seja, nesse grande espaço cercado onde ficavam os sacerdotes, nesse pátio onde pequenos comerciantes estavam autorizados por lei a vender galinhas, pombos, cordeiros, aos que vinham sacrificar. Pega um grande chicote, dá com ele nas costas de todos os comerciantes, expulsa-os a golpes de açoite, eles, suas galinhas, seus pombos, seus carneiros e até seus bois, joga todas as suas moedas no chão, e ninguém o impede! E, a crer no livro atribuído a João, contentam-se em lhe pedir um milagre[92] para provar que tem o direito de fazer tamanha balbúrdia num lugar tão respeitável.

Já era um muito grande milagre que trinta ou quarenta comerciantes se deixassem surrar por um só homem e perdessem seu dinheiro sem nada dizer. Não há nada em *Dom Quixote* que se aproxime dessa extravagância. Mas, em vez de fazer o milagre que lhe pedem, contenta-se em dizer: *Destruí este templo e eu o reconstruirei em três dias.* Os judeus replicam, segundo João: *Este templo foi construído em quarenta e seis anos, como tu o reconstruíras em três dias?*

Era mentira que Herodes levara quarenta e seis anos para construir o templo de Jerusalém. Os judeus não pode-

---

88. Mt 21, 19; Mc 11, 13.
89. Jo 12, 2.
90. Mt 18, 17.
91. Jo 2,15-18.
92. Jo 2, 19, 20.

riam responder tamanha falsidade. E, seja dito de passagem, isso mostra bem que os *Evangelhos* foram escritos por pessoas que não estavam a par de nada.

Todos esses milagres parecem feitos por nossos charlatães de Smithfields. Nosso Toland e nosso Woolston trataram-nos como merecem. O mais belo de todos, a meu ver, é aquele em que Jesus manda o diabo para o corpo de dois mil porcos[93], numa região onde não havia porcos.

Depois dessa bela peripécia, põem Jesus a pregar nas aldeias. Que discursos fazem-no proferir? Ele compara o reino dos céus a um grão de mostarda, a um pouco de fermento misturado em três medidas de farinha, a uma rede com que se pescam peixes bons e ruins, a um rei que abate suas aves para as núpcias de seu filho e envia os servos para convidar os vizinhos para as bodas. Os vizinhos matam as pessoas que vêm convidá-los para jantar; o rei mata aqueles que mataram a sua gente e incendeia suas cidades; manda pegar os mendicantes que forem encontrados na estrada para virem jantar com ele. Vê um pobre comensal que não tinha traje e, em vez de lhe dar um, manda jogá-lo numa masmorra. Eis o que é o reino dos céus segundo Mateus.

Nos outros sermões, o reino dos céus é sempre comparado a um usurário que quer ter necessariamente cem por cento de lucro. Concordarão comigo que nosso arcebispo Tillotson[94] prega num estilo completamente diferente.

Como termina a história de Jesus? Com a aventura que sucedeu entre nós e no resto do mundo com muitas pessoas que quiseram amotinar a populaça, sem serem hábeis o suficiente para armar essa populaça ou para conseguir protetores poderosos; a maioria acaba enforcada. Jesus foi de fato crucificado por ter chamado seus superiores de raça

---

93. Mt 8; Mc 5; Lc 8.
94. Ver tomo XXV, pp. 510, 531.

de víboras[95] e sepulcros caiados[96]. Foi executado publicamente, mas ressuscitou em segredo. Em seguida, subiu ao céu[97] na presença de oitenta discípulos[98], sem que nenhuma outra pessoa da Judéia o visse elevar-se nas nuvens: o que, contudo, teria sido muito fácil de ver e teria corrido o mundo como uma grande nova.

Nosso símbolo, que os papistas chamam de *Credo*, símbolo atribuído aos apóstolos e evidentemente fabricado mais de quatrocentos anos depois desses apóstolos, nos diz que Jesus, antes de subir ao céu, fora dar uma volta pelos infernos. Podemos notar que não há nenhuma palavra sobre isso nos *Evangelhos*, embora seja um dos principais artigos da fé dos cristícolas; não se é cristão se não se acredita que Jesus desceu aos infernos.

Quem foi, portanto, o primeiro a imaginar essa viagem? Foi Atanásio, cerca de trezentos e cinqüenta anos depois; é no seu tratado contra Apolinário, sobre a encarnação do Senhor, que ele diz que a alma de Jesus desceu ao inferno, enquanto seu corpo estava no sepulcro. São palavras que merecem atenção e permitem ver com que sagacidade e que sabedoria Atanásio raciocinava. Eis suas próprias palavras:

"Era preciso que, depois de sua morte, suas partes essencialmente diversas tivessem diversas funções; que seu

----
95. Mt 12, 34.
96. Mc 23, 27.
97. At 1, 9, 10.
98. Subir ao céu em linha perpendicular, por que não em linha horizontal? Subir vai contra as leis da gravidade. Poderia ter cruzado o horizonte e ido para Mercúrio, Vênus, Marte, Júpiter ou Saturno, ou alguma estrela, ou para a Lua, se um desses astros estivesse se pondo então. Quanta tolice nas expressões *ir para o céu, descer do céu!* como se fôssemos o centro de todos os globos, como se nossa terra não fosse um dos planetas que giram no espaço em torno de tantos sóis e que entram na composição deste universo, que chamamos tão despropositadamente de céu. (*Nota de Voltaire*, 1771.)

corpo repousasse no sepulcro para destruir a corrupção e que sua alma fosse aos infernos para vencer a morte."

O africano Agostinho compartilha da crença de Atanásio numa carta que escreveu a Evódio: *Quis ergo nisi infidelis negaverit fuisse apud inferos Christum?* Jerônimo, seu contemporâneo, tinha uma opinião bastante semelhante e foi nos tempos de Agostinho e de Jerônimo que compuseram esse símbolo, esse *Credo*, que os ignorantes consideram como o símbolo dos apóstolos[99].

Assim se instauram as opiniões, as crenças, as seitas. Mas como essas detestáveis estultícias puderam difundir-se? Como puderam prevalecer sobre as outras estultícias dos gregos e dos romanos e, por fim, sobre o próprio império? Como puderam causar tanto mal, tantas guerras civis, como puderam acender tantas fogueiras e fazer correr tanto sangue? É o que relataremos a seguir.

....

99. Podes evidentemente imaginar, leitor, que em um primeiro momento não se ousou imaginar tantas ações revoltantes. Alguns adeptos do judeu Jesus se contentaram, no começo, em dizer que era um homem de bem injustamente crucificado, tal como nós, nós e os outros cristãos, assassinamos desde então tantos homens virtuosos. Depois ganham coragem e ousam escrever que Deus o ressuscitou. Logo depois compõem sua lenda. Um supõe que ele foi ao céu e aos infernos; outro diz que ele virá julgar os vivos e os mortos no vale de Josafá; finalmente, fazem dele um Deus. Fazem três deuses. Levam o sofisma ao ponto de dizer que esses três deuses fazem apenas um. Desses três deuses, um se come e um se bebe; e o devolvemos em urina e em matéria fecal. Persegue-se, queima-se, submete-se ao suplício da roda todo aquele que negue esses horrores; e tudo isso para que uns e outros desfrutem, na Inglaterra, de dez mil moedas de ouro de renda e mais ainda em outros países. (*Nota* de *Voltaire*, 1771.)

CAPÍTULO XI[100]

Que idéia devemos formar de Jesus e de seus discípulos

Jesus é evidentemente um camponês grosseiro da Judéia, mais esperto, sem dúvida, que a maioria dos habitantes de seu cantão. Sem saber, ao que tudo indica, nem ler nem escrever, quis formar uma pequena seita para se opor às dos recabitas, dos judaítas, dos terapeutas, dos essênios, dos fariseus, dos saduceus, dos herodianos: pois tudo era seita entre os infelizes judeus, desde o seu estabelecimento em Alexandria. Já o comparei com nosso Fox[101], que, como ele, era um ignorante da ralé, que, como ele, às vezes pregava uma boa moral e, sobretudo, pregava a igualdade, que tanto agrada à canalha. Como ele, Fox estabeleceu uma sociedade que pouco tempo depois se afastou de seus princípios, supondo que os houvesse. A mesma coisa tinha acontecido com a seita de Jesus. Ambos falaram abertamente contra os sacerdotes de seu tempo; mas, como as leis na Inglaterra são mais humanas que na Judéia, tudo o que os sacerdotes conseguiram obter dos juízes foi que expusessem Fox à execração pública; mas os sacerdotes judeus forçaram

---

100. Este capítulo não constava das edições de Kehl. Foi-me transmitido em manuscrito, e eu o acreditava inédito quando o publiquei em 1818. Posteriormente, encontrei-o na edição de 1776, de que já falei anteriormente (nota 1). (B.)
101. Ver p. 43.

o presidente Pilatos a mandar chicotear Jesus e colocá-lo num poste em forma de cruz, como um reles escravo. É algo bárbaro; cada nação tem seus costumes. Não deve ser objeto de muita consideração saber se lhe pregaram os pés e as mãos. Parece-me bastante difícil encontrar na hora um prego longo o suficiente para transpassar dois pés, um sobre o outro, tal como afirmam; mas os judeus eram bem capazes dessa abominável atrocidade.

Os discípulos continuam tão ligados a seu patriarca crucificado quanto os quacres ao seu patriarca posto no pelourinho. Passado certo tempo, ei-los que se atrevem a espalhar o rumor de que seu senhor ressuscitou em segredo. Essa imaginação teve uma recepção ainda melhor entre os confrades posto ser aquele precisamente o tempo da grande querela entre as seitas judaicas para saber se a ressurreição era possível ou não. O platonismo, muito em voga em Alexandria e estudado por muitos judeus, logo veio socorrer a seita nascente, e daí vêm todos os mistérios, todos os dogmas absurdos com que foi recheada. É o que iremos desenvolver.

CAPÍTULO XII

O estabelecimento da seita cristã e particularmente de Paulo

Quando os primeiros galileus se espalharam entre a populaça dos gregos e dos romanos, encontraram essa populaça infectada por todas as tradições absurdas capazes de entrar nos cérebros ignorantes que apreciam as fábulas; deuses disfarçados de touros, de cavalos, cisnes, serpentes, para seduzir mulheres e moças. Os magistrados, os principais cidadãos, não aceitavam essas extravagâncias; mas a populaça delas se nutria, e era a canalha judia que falava à canalha pagã. Parece-me ver, entre nós, os discípulos de Fox brigarem com os discípulos de Brown[102]. Não era difícil energúmenos judeus convencerem imbecis de seus desvarios, imbecis estes que acreditavam em desvarios não menos impertinentes. O atrativo da novidade seduzia espíritos débeis, cansados de suas antigas tolices e ansiosos por novos erros, tal como a populaça da Bartholomew Fair[103], enfastiada de uma antiga farsa que já ouviu demais, pede uma farsa nova.

A crer nos próprios livros dos cristícolas, Pedro, filho de Jonas, ficou em Jope, em casa de Simão, o curtidor, num casebre onde ressuscitou a costureira Dorcade.

---

102. Bispo de Cork, de quem se fala no tomo XVIII, p. 19.
103. Feira em que ainda há charlatães e astrólogos. (*Nota de Voltaire*, 1767.)

Ver o capítulo de Luciano, intitulado *Philopatris*, no qual fala desse *galileu*[104] *de fronte calva e nariz grande, que foi arrebatado ao terceiro céu*. Ver como ele trata uma assembléia de cristãos em que se encontrava. Nossos presbiterianos da Escócia e os mendicantes de Saint-Médard de Paris são precisamente a mesma coisa. Homens maltrapilhos, quase nus, de olhar arisco, atitude de energúmenos, suspirando, contorcendo-se, jurando pelo Filho *que saiu do Pai*, predizendo mil desgraças para o império, blasfemando contra o imperador. Assim eram os primeiros cristãos.

Quem maior impulso dera à seita era o Paulo de nariz grande e fronte calva, de quem Luciano zomba. Basta, creio eu, ler os escritos desse Paulo para ver quanto Luciano tinha razão. Que galimatias quando escreve para a sociedade dos cristãos que se formava em Roma entre a canalha judia! "A circuncisão é útil[105] se cumprirdes a lei; mas, se fordes prevaricadores da lei, vossa circuncisão torna-se prepúcio etc. Anularemos então a lei por causa da fé?[106] Que Deus não o permita! Estabeleçamos, contudo, a fé... Se Abraão[107] foi justificado por suas obras, tem motivo para se gloriar, não, porém, diante de Deus." Esse Paulo, ao se exprimir as-

....

104. É muito improvável que Luciano tenha visto Paulo ou mesmo que seja o autor do capítulo intitulado *Philopatris*. Contudo, bem poderia ser que Paulo, que viveu no tempo de Nero, ainda estivesse vivo no tempo de Trajano, tempo em que Luciano começou, dizem, a escrever.
Perguntam como esse Paulo conseguiu formar uma seita com seu detestável galimatias, pelo qual o cardeal Bembo tinha tão profundo desprezo? Respondemos que sem esse galimatias ele jamais teria tido sucesso entre os energúmenos que dirigia. Acham que nosso Fox, que fundou entre nós a seita dos primitivos chamados quacres, tinha mais bom senso que Paulo? Há muito já se disse que os loucos fundam as seitas e os prudentes as dirigem. (*Nota de Voltaire*, 1771.) – Sobre o *Philopatris*, ver a nota, tomo XIX, p. 504.
105. Rm 2, 25.
106. *Ibid.*, 3, 31.
107. *Ibid.*, 4, 2.

sim, falava evidentemente como judeu e não como cristão; mas falava mais ainda como energúmeno insano que não consegue alinhavar duas idéias coerentes.

Que discurso aos Coríntios![108] *Nossos pais foram batizados em Moisés na nuvem e no mar.* O cardeal Bembo não tinha razão quando chamava essas epístolas de *epistolaccia* e aconselhava a não lê-las?

Que pensar de um homem que diz aos Tessalonicenses[109]: *Não permito às mulheres falarem na igreja*; e na mesma epístola[110] anuncia que elas devem falar e profetizar com um véu?

Sua querela com os outros apóstolos é a de um homem sábio e moderado? Tudo nele não revela um partidarista? Ele se fez cristão, ensina o cristianismo e vai sacrificar sete dias seguidos no templo de Jerusalém a conselho de Tiago, para não passar por cristão. Aos Gálatas escreve[111]: "Eu, Paulo, vos digo que, se vos circuncidardes, Jesus Cristo de nada vos servirá." E em seguida circuncida seu discípulo Timóteo, que os judeus afirmam ser filho de um grego e uma prostituta. É intruso entre os apóstolos e gaba-se aos Coríntios, epístola I, cap. IX[112], de ser tão apóstolo quanto os outros: "Não sou apóstolo? Não vi Nosso Senhor Jesus Cristo? Não sois vós, acaso, a minha obra? Que, se para outros não sou apóstolo, sou-o ao menos para vós. Será que não temos o direito de comer e beber à vossa custa? Não temos o direito de levar conosco uma mulher que seja nossa irmã (ou, talvez, uma irmã que seja nossa mulher), como fazem os

....
108. 1 Cor 10, 2.
109. Não está na epístola aos Tessalonicenses, mas na I aos Coríntios, 14, 34.
110. *Ibid.*, 11, 5.
111. 5, 2.
112. Versículos 1-7.

outros apóstolos e os irmãos de Nosso Senhor? Quem vai alguma vez à guerra à própria custa? etc."

Quantas coisas nessa passagem! O direito de viver à custa daqueles que subjugou, o direito de fazê-los pagar as despesas de sua mulher ou de sua irmã, e, por fim, a prova de que Jesus tinha irmãos e a suposição de que Maria ou Mirja pariu mais de uma vez.

Gostaria muito de saber de quem mais ele fala na segunda carta aos Coríntios, cap. XI[113]: "Esses tais são falsos apóstolos... e, se são ousados[114], também eu o sou. São hebreus? Também o sou. São da descendência de Abraão? Eu também. São ministros de Jesus Cristo? Mesmo que me acusem de impudência, eu o sou mais que eles. Trabalhei mais que eles; fui mais condenado que eles, mais preso nas masmorras que eles. Recebi trinta e nove açoites cinco vezes; golpes de porrete três vezes; fui lapidado uma vez; estive um dia e uma noite no fundo do mar."

Aí temos, pois, esse Paulo que ficou vinte e quatro horas no fundo do mar sem se afogar: é um terço da aventura de Jonas. Não está claro, porém, que ele manifesta aqui seus ciúmes baixos de Pedro e dos outros apóstolos e que quer prevalecer sobre eles por ter sido mais condenado e mais açoitado?

A furor da dominação não aparece em toda a sua insolência quando ele diz aos mesmos Coríntios: "É esta a terceira vez que venho ter convosco; pela palavra de duas ou três testemunhas decidirei qualquer assunto; não perdoarei a nenhum daqueles que pecou nem aos demais?" (II epístola, cap. XIII[115].)

A que imbecis e a que corações embrutecidos da vil populaça escrevia ele assim como um senhor tirânico? Àqueles a

....
113. Versículo 13.
114. 21-25.
115. 1-2.

quem ousava dizer que fora arrebatado ao terceiro céu. Covarde e impudente impostor! Onde fica esse terceiro céu para o qual viajaste? Em Vênus ou em Marte? Rimos de Maomé quando seus comentadores afirmam que ele foi visitar sete céus seguidos numa noite. Mas Maomé ao menos não fala em seu *Alcorão* de tamanha extravagância que lhe atribuem; e Paulo ousa dizer que fez quase a metade dessa viagem!

Quem era, pois, esse Paulo que ainda faz tanto barulho e que é citado todos os dias a torto e a direito? Dizia ser cidadão romano[116]; ouso afirmar que ele mente desavergonhadamente. Nenhum judeu era cidadão romano, exceto sob Décio e Filipe. Caso fosse de Tarso[117], Tarso só foi colônia romana, cidade romana, mais de cem anos depois de Paulo. Caso fosse de Giscala, como diz Jerônimo, essa aldeia ficava na Galiléia; e os galileus certamente jamais tiveram a honra de ser cidadãos romanos.

Foi criado aos pés de Gamaliel[118], ou seja, foi servo de Gamaliel. Verifica-se, com efeito, que ele guardava os mantos[119] daqueles que lapidaram Estêvão, o que é função de um criado, e de um criado de carrasco. Os judeus afirmaram que ele queria desposar a filha de Gamaliel. Encontramos algum vestígio dessa aventura no antigo livro que contém a história de Tecla. Não surpreende que a filha de Gamaliel não tenha se interessado por um criadozinho calvo, cujas sobrancelhas se juntavam acima de um nariz disforme e tinha as pernas tortas: é assim que os *Atos de Tecla* o descrevem. Desdenhado por Gamaliel e por sua filha, como merecia ser, juntou-se à seita nascente de Cefas, de Tiago, de Mateus, de Barnabé, para criar cizânia entre os judeus.

....
116. At 16, 37.
117. Ver tomo XVII, p. 328.
118. At 22, 3.
119. 7, 57.

Quem tiver um lampejo de razão julgará que essa causa da apostasia desse infeliz judeu é mais natural do que aquela que lhe atribuem. Como acreditar que uma luz celeste o tenha feito cair do cavalo em pleno meio-dia, que tenha ouvido uma voz celeste, que Deus lhe tenha dito[120]: "Saulo, Saulo, por que me persegues?" Tal tolice não faz qualquer um corar?

Se Deus tivesse querido impedir que os discípulos de Jesus fossem perseguidos, não teria falado aos príncipes da nação e não a um criado de Gamaliel? Foram eles porventura menos castigados depois que Saulo caiu do cavalo? Não foi o próprio Saulo Paulo castigado? Para que serviu, então, esse ridículo milagre? O céu e a Terra são testemunhas (se for permitido usar essas palavras impróprias, céu e Terra) de que nunca houve lenda mais louca, mais fanática, mais abjeta, mais digna de horror e desprezo[121].

....

120. 9, 4.
121. O que, a meu ver, merece atenção cuidadosa nesse judeu Paulo é que ele nunca diz que Jesus é Deus. Todas as honras possíveis, ele lhe concede, mas a palavra *Deus* nunca é para ele. Foi predestinado na *Epístola aos romanos*, cap. I. Quer que tenhamos paz com Deus, por meio de Jesus, cap. V. Conta com a graça de Deus através de um só homem, que é Jesus. Chama seus discípulos de herdeiros de Deus e co-herdeiros de Jesus, no mesmo capítulo. Há um único versículo em todos os escritos de Paulo em que a palavra *Deus* poderia ser atribuída a Jesus: é na *Epístola aos romanos*, cap. IX. Mas Erasmo e Grócio provaram que esse trecho está falsificado e mal interpretado. Com efeito, seria muito estranho que Paulo, reconhecendo Jesus como Deus, só tivesse lhe dado esse nome uma vez. Teria sido, então, uma blasfêmia.

Quanto à palavra *Trindade*, ela nunca aparece em Paulo, que no entanto é visto como o fundador do cristianismo. (*Nota de Voltaire*, 1771.)

CAPÍTULO XIII

Os Evangelhos

Desde que as sociedades dos meio judeus, meio cristãos foram se instalando imperceptivelmente entre a arraia-miúda de Jerusalém, Antióquia, Éfeso, Corinto, Alexandria, pouco tempo depois de Vespasiano, cada um desses pequenos rebanhos quis fazer seu *Evangelho*. Contaram cinqüenta e quatro[122], e ainda existem muitos outros. Todos se contradizem, como se sabe, e não poderia ser de outra forma, já que foram todos forjados em lugares diferentes. Todos apenas concordam que Jesus era filho de Maria ou Mirja e que foi crucificado: e, aliás, todos lhe atribuem a mesma quantidade de prodígios existentes nas *Metamorfoses* de Ovídio.

Lucas erige para ele uma genealogia absolutamente diferente da que Mateus lhe forja; e nenhum deles pensa em fazer a genealogia de Maria, de quem fazem-no nascer exclusivamente. O entusiasta Pascal exclama: "Isso não foi feito de comum acordo." Não, sem dúvida que não, cada qual escreveu extravagâncias conforme a sua imaginação para a sua pequena sociedade. Disso decorre que um evangelista afirme que o pequeno Jesus foi criado no Egito; que outro diga que foi criado sempre em Belém; este o faz ir uma única vez a Jerusalém, aquele outro, três vezes. Um faz chega-

---
122. Ver, abaixo, a *Collection d'anciens évangiles*.

rem três magos, que chamamos de três reis, conduzidos por uma estrela nova, e faz degolar todas as crianças da região pelo primeiro Herodes, que estava, então, perto de seu fim[123]. Outro nada diz sobre a estrela, os magos e o massacre dos inocentes.

Por fim, para explicar essa infinidade de contradições, foi-se obrigado a elaborar uma concordância; e essa concordância é ainda menos concordante do que o que se quis concordar. Quase todos esses *Evangelhos*, que os cristãos só transmitiam a seus pequenos rebanhos, foram visivelmente forjados depois da queda de Jerusalém: prova bem evidente disso está naquele atribuído a Mateus. Esse livro[124] põe na boca de Jesus as seguintes palavras dirigidas aos judeus: "Recairá sobre vós todo o sangue derramado, desde o do justo Abel até o de Zacarias, filho de Baraquias[125], que matastes entre o templo e o altar."

Um falsário sempre é descoberto de alguma forma. Durante o cerco de Jerusalém, houve um Zacarias, filho de um Baraquias, assassinado entre o templo e o altar pela facção dos piedosos. Por meio disso, a impostura é facilmente descoberta; mas, para descobri-la em sua época, teria sido preciso ler toda a *Bíblia*. Os gregos e os romanos não a liam: essas estultícias e os *Evangelhos* eram-lhes totalmente desconhecidos; podia-se mentir impunemente.

....

123. O massacre dos inocentes é decerto o cúmulo da inépcia, bem como o conto dos três magos conduzidos por uma estrela. Como Herodes, moribundo, poderia temer que o filho de um carpinteiro, que acabara de nascer numa aldeia, o destronasse? Herodes recebera seu reino dos romanos. Portanto, aquela criança teria que ter feito a guerra ao império. Tal temor pode surgir na cabeça de um homem que não esteja totalmente louco? É possível que tenham proposto à credulidade humana tamanhas bobagens tão abaixo de *Roberto Diabo* e de *João de Paris*? O homem é, portanto, uma espécie bem desprezível, já que pode ser assim governada. (*Nota de Voltaire*, 1771.)

124. Mt 23, 35.

125. Mt 23, 35.

Uma prova evidente de que o *Evangelho* atribuído a Mateus só foi escrito muito depois dele, por algum infeliz meio judeu, meio cristão helenista, é a seguinte passagem famosa: "Se ele não ouvir a Igreja[126], que seja para ti como o gentio e o publicano." Não havia Igreja no tempo de Jesus e de Mateus. A palavra *igreja* é grega. A assembléia do povo de Atenas se chamava *ecclesia*. Essa expressão só foi adotada pelos cristãos com o transcurso do tempo, quando já havia alguma forma de governo. Fica portanto claro que um falsário adotou o nome de Mateus para escrever esse *Evangelho* num grego muito ruim. Confesso que seria bem cômico se Mateus, que fora publicano, comparasse os gentios aos publicanos. Mas, seja quem for o autor dessa comparação ridícula, só pode ser um desmiolado da escória do povo, que vê um cavalheiro romano, encarregado de coletar os impostos estabelecidos pelo governo, como um homem abominável. Só essa idéia já é nociva para a administração, e indigna não só de um homem inspirado por Deus, mas indigna do lacaio de um honesto cidadão.

Há dois *Evangelhos da infância*[127]: o primeiro nos conta que um jovem mendicante deu um tapa no traseiro do pequeno Jesus, seu amigo, e que o pequeno Jesus o fez morrer na hora, καί παραχρῆμα πεσὼν ἀπέθανεν. Outra vez, estava fazendo pequenos pássaros de argila e eles saíram voando. A maneira como aprendia o alfabeto também era totalmente divina. Esses contos são tão ridículos quanto os do rapto de Jesus pelo diabo, da transfiguração no Tabor, da água convertida em vinho, dos diabos mandados para uma vara de porcos. Por isso esse *Evangelho da infância* foi venerado por tanto tempo.

---

126. Mt 18, 17.
127. Ver, abaixo, a *Collection d'anciens évangiles*.

O segundo livro da infância não é menos curioso. Maria, levando o filho para o Egito, encontra moças desoladas porque seu irmão fora transformado em mula: Maria e o pequeno não deixaram de devolver àquela mula sua forma de homem, mas não se sabe se esse infeliz ganhou no mercado. Seguindo seu caminho, a família errante encontra dois ladrões, um chamado Dumachus e o outro Titus[128]. Dumachus queria roubar a Virgem Santíssima de qualquer jeito e fazer-lhe mal. Titus tomou a defesa de Maria e deu quarenta dracmas a Dumachus para convencê-lo a deixar passar a família sem lhe fazer mal. Jesus declarou à Virgem Santíssima que Dumachus seria o mau ladrão e Titus o bom ladrão; que um dia seriam crucificados com ele, que Titus iria para o paraíso e Dumachus para o diabo.

O *Evangelho segundo são Tiago*, irmão mais velho de Jesus, ou *segundo Pedro Barjonas*, Evangelho reconhecido e louvado por Tertuliano e por Orígenes, era tido em altíssima consideração. Chamavam-no *protevangelion*, primeiro Evangelho. Talvez tenha sido o primeiro a falar da nova estrela, da chegada dos magos e das criancinhas que o primeiro Herodes mandou matar.

Existe ainda uma espécie de *Evangelho* ou de *Atos de João*, no qual fazem Jesus dançar com seus apóstolos na véspera de sua morte; e a coisa é ainda mais verossímil posto que os terapeutas tinham com efeito o costume de dançar em roda, o que deve agradar muito o Pai celeste[129].

....

128. Nomes engraçados para egípcios. (*Nota de Voltaire*, 1771.)

129. Em são Mateus não está dito que Jesus Cristo dançou com seus apóstolos, mas em são Mateus, cap. XXVI, v. 30, está dito: "Cantaram um hino e foram para o monte das Oliveiras."

É verdade que nesse hino há a seguinte estrofe: "Quero cantar, dançai todos de alegria." O que faz ver que, com efeito, misturou-se a dança ao canto, como em todas as cerimônias religiosas daquele tempo. Santo Agostinho registra essa canção na sua Carta a Ceretius.

Por que o mais escrupuloso dos cristãos ri hoje, sem qualquer remorso, de todos esses *Evangelhos*, de todos esses *Atos*, que não estão mais no cânon, e não ousa rir daqueles que são adotados pela Igreja? São mais ou menos os mesmos contos; mas o fanático adora sob um nome o que lhe parece o cúmulo do ridículo sob outro.

Terminam escolhendo quatro *Evangelhos*; e a grande razão disso, nas palavras de santo Irineu, é que só existem quatro pontos cardeais; ademais, Deus está sentado sobre querubins, e os querubins têm quatro formas. São Jerônimo ou Hierônimo, em seu prefácio sobre o *Evangelho de Marcos*, acrescenta aos quatro pontos cardeais e aos quatro ani-

....

É totalmente indiferente saber se efetivamente essa canção registrada por Agostinho foi ou não foi cantada. Ei-la:

Quero libertar e ser libertado.
Quero salvar e ser salvo.
Quero gerar e ser gerado.
Quero cantar, dançai todos de alegria.
Quero chorar, golpeai-vos todos de dor.
Quero adornar e ser adornado.
Sou um lume para vós que me vedes.
Sou a porta para vós que nela bateis.
Vós que vedes o que faço, calai sobre o que faço.
Representei tudo isso nessas palavras, e ninguém me representou.

Temos aí uma estranha canção, pouco digna de um ser supremo. Esse pequeno cântico nada mais é que aquilo que é chamado de chasco na França e *non sense* entre nós. Não está provado que Jesus tenha cantado depois de ter comemorado a páscoa; mas está provado, por todos os *Evangelhos*, que comemorou a páscoa à maneira judaica e não cristã. E, de passagem, diremos aqui o que milorde Bolingbroke insinua alhures: que não encontramos na vida de Jesus Cristo nenhuma ação, nenhum dogma, nenhum rito, nenhum discurso que tenha qualquer relação com o cristianismo de hoje e com todos os outros cristianismos, especialmente o de Roma. (*Nota de Voltaire.*) – Toda esta nota é de 1771, exceto a primeira frase do último parágrafo, acrescentada em 1775. Alhures, Voltaire cita novamente a canção registrada por santo Agostinho; ver tomo XVII, p. 62.

mais os quatro anéis onde se encaixavam os paus sobre os quais carregavam o cofre chamado de arca.

Teófilo de Antióquia prova que, tendo Lázaro ficado morto por quatro dias, conseqüentemente só se podia aceitar quatro *Evangelhos*. São Cipriano prova a mesma coisa pelos quatro rios que irrigavam o paraíso terrestre. Seria preciso ser bem ímpio para não se render a tantas evidências.

Mas antes que esses quatro *Evangelhos* fossem privilegiados, os Padres dos dois primeiros séculos quase sempre citavam apenas os *Evangelhos* hoje denominados apócrifos. É uma prova incontestável de que nossos quatro *Evangelhos* não são daqueles a quem são atribuídos.

Gostaria que fossem; gostaria, por exemplo, que Lucas tivesse escrito aquele que existe com seu nome. Diria a Lucas: Como ousas asseverar que Jesus nasceu no tempo de Cirino ou Quirino, quando está comprovado que Quirino só foi governador da Síria mais de dez anos depois? Como te atreves a dizer que Augusto ordenara o *recenseamento de toda a Terra*, e que Maria foi a Belém para ser recenseada? O recenseamento de toda a Terra! Que expressão! Ouviste dizer que Augusto tinha um diário em que estavam registrados detalhes das forças do império e de suas finanças; mas um recenseamento de todos os súditos do império! Isso é algo em que ele jamais pensou, e menos ainda num recenseamento da Terra inteira; nenhum escritor romano, grego ou bárbaro jamais disse tal extravagância. Eis-te, pois, convencido por ti mesmo da mais enorme mentira; e teremos de adorar teu livro!

Mas quem fabricou esses quatro *Evangelhos*? Não é muito provável que tenham sido cristãos helenistas, já que neles o Antigo Testamento é quase sempre citado conforme a versão dos *Setenta*, versão desconhecida na Judéia? Os apóstolos sabiam tão pouco grego quanto Jesus. Como poderiam ter citado os *Setenta*? Só o milagre de Pentecostes para ensinar grego a judeus ignorantes.

Que infinidade de contrariedades e de imposturas restou nesses quatro *Evangelhos*! Tivesse havido uma só, ela bastaria para demonstrar que é uma obra das trevas. Tivesse havido apenas o conto que encontramos em *Lucas*, o de que Jesus nasceu no tempo de Cirino, quando Augusto mandou fazer o recenseamento de todo o império, só esta falsidade não bastaria para jogar fora o livro com desprezo? 1º. Nunca houve tal recenseamento, e nenhum autor fala dele. 2º. Cirino só foi governador da Síria dez anos depois da época do nascimento desse Jesus. A cada palavra dos *Evangelhos* há um erro. E é assim que se tem sucesso junto ao povo.

CAPÍTULO XIV

Como os primeiros cristãos se comportaram com os romanos e como forjaram versos atribuídos às sibilas etc.

Pessoas de bom senso indagam como esse conjunto de fábulas que ofendem tão diretamente a razão e de blasfêmias que imputam tantos horrores à Divindade pôde obter algum crédito. Deveriam de fato ficar bem espantadas se os primeiros sectários cristãos tivessem persuadido a corte dos imperadores e o senado de Roma; mas uma canalha abjeta dirigia-se a uma populaça não menos desprezível. Isso é tão veraz que o imperador Juliano disse no seu discurso aos cristícolas[130]: "Inicialmente, foi suficiente para vós seduzir algumas criadas, alguns mendicantes como Cornélio e Sérgio. Que eu seja considerado como o mais descarado dos impostores se, entre aqueles que abraçaram vossa seita no tempo de Tibério e de Cláudio, houve um só homem de bom nascimento ou mérito."[131]

....

130. Ver, mais adiante, o *Discours de l'empereur Julien*.
131. É estranho que o imperador Juliano tenha chamado Sérgio um joão-ninguém, um mendicante. Deve ter lido com pouca atenção os *Evangelhos*, ou a memória lhe faltou naquele momento, o que é bastante comum nos homens que, encarregados de assuntos de grande importância, ainda querem tomar para si o fardo da controvérsia. Ele se engana, e os *Atos dos apóstolos*, que ele refuta, enganam-se evidentemente também. Sérgio não era nem um joão-ninguém, como diz Juliano, nem procônsul, nem governador de Chipre, como dizem os *Atos* [13, 7].

Os primeiros argumentadores cristãos diziam então, nas ruas e nas hospedarias, aos pagãos que se metiam a argumentar: Não fiqueis tão assustados com nossos mistérios; recorreis às expiações para vos purgar de vossos crimes: nós temos uma expiação bem mais salutar. Vossos oráculos não se comparam aos nossos; e, para vos convencer de que nossa seita é a única boa, são vossos próprios oráculos que predisseram tudo o que vos ensinamos e tudo o que fez Nosso Senhor Jesus Cristo. Nunca ouvistes falar das sibilas? – Sim, respondem os discutidores pagãos aos discutidores galileus; todas as sibilas foram inspiradas pelo próprio Júpiter; as predições delas são todas verdadeiras. – Pois bem, retrucam os galileus, nós vos mostraremos versos de sibilas

....

Havia um único procônsul na Síria, da qual a ilha de Chipre dependia, e era esse procônsul da Síria que nomeava o propretor de Chipre. Mas esse propretor era sempre um homem respeitável.

Talvez o imperador Juliano quisesse se referir a um outro Sérgio, que os *Atos dos apóstolos* terão inabilmente transformado em procônsul ou em propretor. Esses *Atos* são uma rapsódia informe, cheia de contradições, como tudo o que os judeus e os galileus escreveram.

Dizem que Paulo e Barnabé encontraram em Pafos um mago judeu chamado Barjesus, que queria impedir o propretor Sérgio de se tornar cristão; isso está no cap. XIII. Em seguida, dizem que esse Barjesus se chamava Elimas, e que Paulo e Barnabé cegaram-no por alguns dias e que esse milagre decidiu o propretor a se tornar cristão. Sente-se bem o valor de semelhante conto. Basta ler o discurso que Paulo faz a esse Sérgio para perceber que Sérgio não poderia ter entendido nada.

Esse capítulo termina dizendo que Paulo e Barnabé foram expulsos da ilha de Chipre. Como esse Sérgio, que era o chefe, teria deixado que fossem expulsos se tinha abraçado sua religião? Mas também como o mesmo Sérgio, detentor da principal dignidade na ilha e, por conseguinte, não sendo nenhum imbecil, teria se tornado cristão de repente?

Todas essas *histórias de tonel* não são um evidente absurdo?

Notemos ainda que Jesus, nos *Atos dos apóstolos* e em todos os discursos de Paulo, é sempre visto apenas como um homem e que não há um só texto autêntico em que se afirme sua suposta divindade. (*Nota de Voltaire*, 1771.) – *A história de um tonel* é uma obra faceciosa de Swift; ver p. 19.

que anunciam claramente Jesus Cristo e, então, tereis de vos render.

E se põem imediatamente a forjar os piores versos gregos jamais compostos, versos semelhantes aos de nossa Grub-street, de Blackmore e de Gibson. Atribuem-nos às sibilas e durante mais de quatrocentos anos não cessam de fundar o cristianismo sobre essa prova, igualmente ao alcance dos enganadores e dos enganados. Dado esse primeiro passo, vimos esses falsários pueris atribuir às sibilas até mesmo versos acrósticos que começavam todos pelas letras que compõem o nome de Jesus Cristo.

Lactâncio conservou para nós grande parte dessas rapsódias como sendo peças autênticas. A essas fábulas acrescentavam milagres, que às vezes até faziam em público. É verdade que não ressuscitavam mortos como Eliseu; não detinham o sol como Josué; não atravessavam o mar a pé enxuto como Moisés; não se faziam transportar pelo diabo, como Jesus, para o alto de uma pequena montanha da Galiléia, de onde se descortinava toda a Terra; mas curavam a febre quando ela estava declinando, e até a sarna, quando o sarnento fora banhado, sangrado, purgado, esfregado. Sobretudo expulsavam os demônios: este era o principal objetivo da missão dos apóstolos. Está dito, em mais de um *Evangelho*[132], que Jesus os enviou expressamente para expulsá-los.

Era uma antiga prerrogativa do povo de Deus. Existiam, como se sabe, exorcistas em Jerusalém que curavam os possuídos colocando-lhes sob o nariz um pouco da raiz chamada *barath* e murmurando algumas palavras tiradas da *Clavícula* de Salomão. O próprio Jesus reconhece que os judeus tinham esse poder. Não havia nada mais fácil para o diabo do que entrar no corpo de um mendicante, mediante

---

132. Mt 10, 1; Mc 3, 15; Lc 9, 1.

um ou dois *schillings*. Sem muito trabalho, um judeu ou um galileu podia expulsar dez diabos por dia por um guinéu. Os diabos jamais ousavam apoderar-se de um governador de província, de um senador, nem mesmo de um centurião: foram sempre os que nada possuíam que foram possuídos.

Se o diabo deveria se apoderar de alguém seria de Pilatos; no entanto, jamais ousou se aproximar dele. Durante muito tempo exorcizaram a canalha na Inglaterra, e mais ainda em outros lugares; mas, conquanto a seita cristã tivesse sido instituída precisamente para essa prática, ela foi abolida em quase todo lugar, exceto nos estados de obediência do papa e em algumas regiões rudes da Alemanha, infelizmente submetidas a bispos e monges.

Por fim, o que de melhor fizeram todos os governos foi abolir todas as primeiras práticas do cristianismo: batismo das moças adultas nuas em pêlo, em pias, por homens; batismo abominável dos mortos; exorcismo, possessões do diabo, inspirações; ágapes que produziam tantas impurezas: tudo isso desapareceu, e no entanto a seita permanece.

Assim, os cristãos se disseminaram entre a arraia-miúda durante todo um século. Ninguém os impediu; eram vistos como uma seita de judeus, e os judeus eram tolerados. Ninguém perseguia nem fariseus, nem saduceus, nem terapeutas, nem essênios, nem judaítas; com mais razão ainda, deixavam se arrastar na escuridão esses cristãos ignorados. Eram tão insignificantes que nem Flávio Josefo, nem Fílon, nem Plutarco dignam-se a falar deles; e se Tácito os menciona brevemente é porque os confunde com os judeus, manifestando-lhes seu mais profundo desprezo. Tiveram, pois, a maior facilidade para difundir sua seita. Foram um pouco procurados no tempo de Domiciano; alguns foram punidos na época de Trajano e foi então que começaram a misturar milhares de falsos atos de mártires a alguns verídicos só até certo ponto.

CAPÍTULO XV

Como os cristãos se comportaram com os judeus. Sua explicação ridícula dos profetas

Os cristãos nunca conseguiram prevalecer entre os judeus como o fizeram entre a populaça dos gentios. Enquanto continuaram a viver segundo a lei mosaica, como fizera Jesus durante toda a vida, a se abster das carnes supostamente impuras e não proscreveram a circuncisão, foram vistos apenas como uma sociedade particular de judeus, tal como as dos saduceus, dos essênios, dos terapeutas. Diziam ter sido um erro crucificar Jesus, que era um homem santo enviado por Deus e que tinha ressuscitado.

Na verdade, esses discursos eram punidos em Jerusalém: chegou até a custar a vida a Estêvão, segundo dizem; em outros lugares, porém, essa cisão provocava apenas altercações entre os judeus rígidos e os meio cristãos. Discutia-se; os cristãos julgaram encontrar nas Escrituras algumas passagens que podiam ser distorcidas para favorecer sua causa. Asseveravam que os profetas judeus tinham predito Jesus Cristo; citavam Isaías, que dizia ao rei Acaz:

....

133. Que impudente má-fé permitiu aos cristícolas afirmar que *alma* significava sempre *virgem*? No Antigo Testamento há vinte passagens em que *alma* significa *mulher* e até *concubina*, como no Ct 4; Jl 1. Até o abade Tritêmio, nenhum doutor da Igreja sabia hebraico, exceto Orígenes, Jerônimo e Efraim, que eram da região. (*Nota de Voltaire*, 1771.)

"Uma moça, ou uma jovem mulher (*alma*)[133] conceberá e dará à luz um filho que se chamará Emanuel; ele se nutrirá de manteiga e mel, para que saiba rejeitar o mal e escolher o bem. A terra que detestais se verá livre de seus dois reis, e o Senhor assobiará às moscas que estão na extremidade dos canais do Egito e às abelhas que se encontram na Assíria. E ele pegará uma navalha alugada e rapará a cabeça, os pêlos do púbis e a barba do rei da Assíria."[134]

"E o Senhor me disse[135]: Tomai um grande livro e escrevei em letras legíveis: *Maher-salal-has-bas*, pegai rápido os despojos. Deitei-me então com a profetiza e ela concebeu e pôs no mundo um filho, e o Senhor me disse: Ponde-lhe o nome de *Maher-salal-has-bas*, pegai rápido os despojos."

Como vêem, diziam os cristãos, tudo isso significa evidentemente o advento de Jesus Cristo. A moça que tem um filho é a Virgem Maria; *Emanuel* e *pegai rápido os despojos* é Nosso Senhor Jesus. Quanto à navalha alugada com que rapam o pêlo do púbis do rei da Assíria, trata-se de outro assunto. Todas essas explicações lembram perfeitamente a de lorde Pedro na *História de um tonel* de nosso caro deão Swift[136].

Os judeus respondiam: Não vemos tão claramente quanto vós que *pegai rápido os despojos* e *Emanuel* significam Jesus, que a jovem mulher de Isaías seja uma virgem, e que *alma*, que exprime igualmente *moça* ou *jovem mulher*, significa *Maria*; e riam na cara dos cristãos.

Quando os cristãos diziam: Jesus foi predito pelo patriarca Judá, pois o patriarca Judá *devia atar*[137] *seu jumentinho à vide e lavar seu manto no sangue da vinha*; e Jesus entrou em Jerusalém sobre um jumento, portanto, Judá é a

....
134. VII, 14-20. A *Vulgata* não diz *alma* mas *virgo*.
135. VIII, 1-2.
136. Ver a nota 26, na p. 19.
137. Gn 49, 11.

figura de Jesus: então os judeus riam ainda mais alto de Jesus e de seu jumento.

Quando afirmavam que Jesus era o Silo que viria quando o cetro não estivesse mais em Judá, os judeus os confundiam dizendo que, depois do cativeiro na Babilônia, o cetro ou a vara de entre as pernas jamais estivera em Judá, e que, até no tempo de Saul, a vara não estava em Judá. Assim os cristãos, longe de converter os judeus, foram desprezados, detestados por eles, e continuam sendo. Foram vistos como bastardos que queriam espoliar o filho da casa, alegando falsos títulos. Renunciaram, pois, à esperança de atrair os judeus para si e voltaram-se exclusivamente para os gentios.

CAPÍTULO XVI

As falsas citações e as falsas predições nos Evangelhos

Para estimular os primeiros catecúmenos, convinha citar antigas profecias e fazer novas. Assim, dos *Evangelhos*, foram citadas a torto e a direito as antigas profecias. Mateus, ou aquele que tomou seu nome, disse[138]: "José foi morar numa cidade chamada Nazaré, a fim de que se cumprisse o que fora anunciado pelos profetas: Será chamado Nazareno." Nenhum profeta pronunciara essas palavras; Mateus falava, pois, ao acaso. Lucas ousa dizer, no capítulo XXI[139]: "Haverá sinais na Lua e nas estrelas; bramidos do mar e das vagas; os homens, definhando de pavor, pressentirão o que acontecerá com todo o universo. As virtudes celestes serão abaladas, e então hão de ver o Filho do homem vir sobre uma nuvem com grande poder e grande majestade. Em verdade vos digo que esta geração não passará sem que tudo isso se realize."[140]

A geração passou e, se nada disso aconteceu, a culpa não é minha. Paulo diz mais ou menos o mesmo em sua epístola aos Tessalonicenses[141]: "Nós, que vivemos e falamos, seremos arrebatados nas nuvens, em pleno ar, para ir ao encontro do Senhor."

---

138. Mt 2, 23. (*Nota de Voltaire.*)
139. 25-32.
140. Ver o *Dîner du compte de Boulainvilliers* (segunda entrevista).
141. 4, 17.

Que cada um se indague e verifique se é possível levar mais longe a impostura e a estupidez do fanatismo. Quando perceberam que haviam sido ditas mentiras tão grosseiras, os Padres da Igreja logo disseram que Lucas e Paulo tinham entendido, nessas predições, a ruína de Jerusalém. Qual a relação, rogo que me digam, entre a tomada de Jerusalém e Jesus vindo nas nuvens com grande poder e grande majestade?[142]

No *Evangelho* atribuído a João há uma passagem que permite ver que esse livro não foi composto por um judeu. Jesus disse[143]: "Dou-vos um mandamento novo: amai-vos uns aos outros." Esse mandamento, longe de ser novo, consta expressamente e de uma maneira bem mais forte no *Levítico*[144]: "Amarás o teu próximo como a ti mesmo."

Enfim, aquele que se der ao trabalho de ler com atenção encontrará, em todas as passagens em que se alega o Antigo Testamento, nada mais que um manifesto abuso de palavras e a marca da mentira em quase todas as páginas.

---

142. Ficou por tanto tempo deslumbrado com essa expectativa do fim do mundo que nos séculos VI, VII e VIII muitos forais, doações aos monges, começam assim: "No reino de Cristo e com o fim do mundo se aproximando, eu, para a salvação de minha alma etc." (*Nota de Voltaire*, 1771.)

143. Jo 13, 34. (*Id.*)

144. Lv 19, 18. (*Id.*)

CAPÍTULO XVII

O fim do mundo e a Nova Jerusalém

Não só puseram Jesus em cena anunciando o fim do mundo para a própria época em que vivia; mas tal foi o fanatismo de todos aqueles denominados apóstolos e discípulos. Pedro Barjonas, na primeira epístola a ele atribuída, disse[145] que "o Evangelho foi pregado aos mortos e que o fim do mundo se aproxima".

Na segunda epístola[146]: "Esperamos novos céus e uma nova Terra."

A primeira epístola atribuída a João diz formalmente[147]: "Agora surgem vários anticristos; donde sabemos que esta é a última hora."

A epístola imputada ao Tadeu chamado Judas anuncia o mesmo desatino[148]: "Eis que virá o Senhor com miríades de santos para julgar os homens."

Essa idéia ridícula subsistiu século após século. Se o mundo não acabou com Constantino, iria acabar com Teodósio; se o fim não chegasse com Teodósio, deveria chegar com Átila. E até o século XII essa opinião enriqueceu todos os conventos; pois, segundo o raciocínio conseqüente dos

....

145. 4, 6-7. (*Id.*)
146. 3, 13. (*Nota de Voltaire.*)
147. 2, 18.
148. Jd 15, 14, 15. (*Id.*)

monges, uma vez que não haverá mais homens nem terras, é preciso que todas as terras pertençam aos monges.

Em suma, foi sobre essa demência que se baseou a outra demência de uma nova cidade de Jerusalém que desceria do céu. O *Apocalipse*[149] anunciou o que em breve aconteceria: todos os cristícolas creram. Fizeram-se novos versos sibilinos nos quais essa Jerusalém era predita; ela aparecia como a nova cidade onde os cristícolas habitariam por mil anos depois da destruição do mundo. Desceu do céu durante quarenta noites consecutivas. Tertuliano viu-a com seus próprios olhos. Virá o tempo em que todos os homens de bem dirão: Será possível que se tenha perdido tanto tempo refutando essa *história de um tonel*?!

Eis, portanto, por quais opiniões metade da Terra foi devastada! Eis o que valeu principados, reinos, a padres impostores, e que ainda lança todos os dias imbecis nas masmorras dos claustros dos papistas! Foi com essas teias de aranha que se teceram os liames que nos atam; encontraram o segredo para transformá-los em correntes de ferro. Santo Deus! Foi por essas tolices que a Europa nadou em sangue e que nosso rei Carlos I morreu num cadafalso! Ó destino! Quando meio judeus escreviam suas medíocres impertinências em seus celeiros, acaso previam que preparavam o trono para o abominável Alexandre VI e para o bravo celerado Cromwell?

---

149. 21, 2.

CAPÍTULO XVIII

As alegorias

Os chamados Padres da Igreja urdiram um logro bastante singular para confirmar seus catecúmenos em sua nova crença. Com o tempo apareceram discípulos que raciocinavam um pouco: decidiram dizer-lhes que todo o Antigo Testamento nada mais é senão uma figura do Novo. O pedacinho de lençol vermelho que a prostituta Raab punha à janela para avisar os espiões de Josué significa o sangue de Jesus derramado por nossos pecados. Sara e sua serva Agar, Lia, a remelosa, e a bela Raquel são a sinagoga e a Igreja. Moisés erguendo as mãos quando combate os amalecitas é evidentemente a cruz, pois se obtém a figura de uma cruz quando se estendem os braços para a direita e para a esquerda. José vendido pelos irmãos é Jesus Cristo; o maná é a eucaristia; os quatro ventos são os quatro Evangelhos; os beijos que a Sulamita dá na boca etc., no *Cântico dos cânticos*, são visivelmente o casamento de Jesus Cristo com sua Igreja. A noiva ainda não tinha dote, ela ainda não estava bem estabelecida.

Não se sabia em que acreditar; nenhum dogma preciso fora constatado até então. Jesus nunca escreveu nada. Estranho legislador esse homem da mão de quem não se tinha nenhuma linha. Portanto, foi preciso escrever por ele; e entregaram-se a essas *boas novas*, aos Evangelhos, aos atos de que já falamos[150], e todo o Antigo Testamento foi transformado em alegorias do Novo. Não surpreende que catecúmenos fascinados por aqueles que queriam formar um partido se deixassem seduzir por essas imagens que sempre agradam ao povo. Esse método contribuiu mais que qualquer outra coisa para a propagação do cristianismo, que se espalhava secretamente de uma ponta à outra do império, sem que os magistrados dignassem atentar para o que sucedia.

Divertida e louca imaginação fazer de toda a história de um bando de mendicantes a figura e a profecia de tudo o que deveria acontecer com o mundo inteiro no correr dos séculos!

---

150. Acima, cap. X, p. 44.

CAPÍTULO XIX

As falsificações e os livros supostos

Para melhor seduzir os catecúmenos dos primeiros séculos, não se acanharam em afirmar que a seita fora respeitada pelos romanos e pelos próprios imperadores. Não era suficiente forjar mil escritos que eram atribuídos a Jesus, também fizeram Pilatos escrever. Justino, Tertuliano citam esses atos; foram inseridos no Evangelho de Nicodemo[151]. Eis algumas passagens da primeira carta de Pilatos a Tibério; são curiosas.

"Aconteceu faz pouco, e eu mesmo o constatei, que os judeus, por sua inveja, atraíram para si uma cruel condenação: o Deus deles prometera enviar do alto do céu seu santo, que seria seu rei de direito; e, tendo prometido que seria filho de uma virgem, o Deus dos hebreus com efeito o enviou, quando eu era presidente da Judéia. Os judeus mais importantes denunciaram-no a mim como sendo um feiticeiro; acreditei neles; mandei açoitá-lo; devolvi-o a eles: crucificaram-no; puseram guardas perto de sua cova; ele ressuscitou no terceiro dia."

Essa carta muito antiga é bastante importante na medida em que mostra que naqueles primeiros tempos os cristãos ainda não ousavam imaginar que Jesus fosse Deus;

---

151. Ver, abaixo, a *Collection d'anciens évangiles.*

chamavam-no apenas de enviado de Deus. Caso fosse Deus naquela época, Pilatos, a quem fazem falar, não teria deixado de dizê-lo.

Na segunda carta, diz que, se não tivesse temido uma sedição, talvez aquele *nobre judeu* ainda vivesse; *fortasse vir ille nobilis viveret*. Forjaram ainda outro relato de Pilatos mais circunstanciado.

Eusébio de Cesaréia, no livro VII de sua *História eclesiástica*, assegura que a hemorroíssa curada por Jesus Cristo era cidadã de Cesaréia: ele viu sua estátua aos pés da de Jesus Cristo. Em torno de sua base crescem ervas que curam todos os males. Foi conservado um requerimento daquela hemorroíssa, cujo nome era, como se sabe, Verônica; relata a Herodes o milagre que Jesus Cristo operou sobre ela. Pede permissão a Herodes para erguer uma estátua a Jesus; mas não em Cesaréia e sim na cidade de Paníade, e isso é triste para Eusébio.

Fizeram correr um pretenso édito de Tibério que incluía Jesus na categoria dos deuses. Inventaram cartas de Paulo a Sêneca e de Sêneca a Paulo. Imperadores, filósofos, apóstolos, recorreram a tudo; é uma série ininterrupta de fraudes: algumas são apenas fanáticas, outras são políticas. Uma mentira fanática, por exemplo, é ter escrito, sob o nome de João, o *Apocalipse*, que é apenas absurdo; uma mentira política é o livro das constituições atribuído aos apóstolos. No capítulo XXV do livro II, pretende-se que os bispos recolham os dízimos e as primícias. Nele, os bispos são chamados de *reis* no capítulo XXVI: *Qui episcopus est, hic vester rex et dynastes*.

Durante as refeições dos ágapes[152], devem-se – cap. XXVIII – enviar os melhores pratos para o bispo se ele não

---

152. Muitas sociedades cristãs foram acusadas de ter feito desses ágapes cenas da mais infame dissolução, acompanhadas de mistérios. O que deve ser

estiver à mesa. Deve-se servir uma porção dupla ao padre e ao diácono. As porções dos bispos aumentaram bem e sobretudo a do bispo de Roma.

No capítulo XXXIV, os bispos são colocados bem acima dos imperadores e dos reis, preceito de que a Igreja se afastou o menos que pôde: *Quanto animus praestat corpore, tantum sacerdotium regno.* É essa a origem oculta do terrível poder que os bispos de Roma usurparam durante tantos séculos. Todos esses livros supostos, todas essas mentiras que ousaram chamar de piedosas, ficavam apenas nas mãos dos fiéis. Era um enorme pecado comunicá-las aos romanos, que não tiveram quase nenhum conhecimento delas durante duzentos anos. Dessa forma, o rebanho aumentava todos os dias.

....

observado é que os cristãos se acusavam uns aos outros. Epifânio está convencido de que os gnósticos, que eram a única sociedade culta dentre eles, eram também os mais impudicos. Eis o que diz sobre eles no livro I, contra as heresias:

"Depois de terem se prostituído uns aos outros, exibem o que saiu deles. Uma mulher põe uma porção nas mãos. Um homem também enche sua mão da ejaculação de um rapaz, e eles dizem a Deus: "Oferecemos-te este presente que é o corpo de Cristo." Em seguida, homens e mulheres engolem esse esperma e gritam: "É páscoa." Depois, pegam sangue das regras de uma mulher, engolem-no e dizem: "É o sangue de Cristo."

Se um Padre da Igreja condenou cristãos por esses horrores, não devemos considerar caluniadores insensatos, adoradores de Zeus, de Júpiter, aqueles que lhes fizeram as mesmas acusações. Podem ter-se enganado. Pode ser também que os cristãos tenham sido culpados dessas abominações e que se tenham corrigido em seguida, tal como a corte romana há muito tempo substituiu os horríveis desregramentos que a macularam durante quase quinhentos anos pela decência. (*Nota de Voltaire*, 1771.)

CAPÍTULO XX

As principais imposturas dos primeiros cristãos

Uma das mais antigas imposturas desses inovadores energúmenos foi o *Testamento dos doze patriarcas*[153], que ainda podemos ler na íntegra em grego na tradução de João, chamado de são Crisóstomo. Esse antigo livro, que é do primeiro século de nossa era, é claramente de um cristão, porque nele fazem Levi dizer, no artigo 8 de seu Testamento: "O terceiro terá um nome novo, porque será um rei de Judá e talvez será de um novo sacerdócio para todas as nações etc."; o que designa o Jesus Cristo deles, que nunca pôde ser designado senão mediante tais imposturas. Jesus é mais uma vez claramente anunciado em todo o artigo 18, depois de Levi ter dito, no artigo 17, que os sacerdotes dos judeus cometem o pecado da carne com animais[154].

Inventaram o testamento de Moisés, de Enoque e de José, a ascensão ou assunção deles ao céu, a de Moisés, de

....
153. Ver tomo XVII, p. 302.
154. É espantoso que sempre se fale da bestialidade entre os judeus. Nos autores romanos, encontramos apenas um verso de Virgílio (*Buc.*, III, 8):

Novimus et qui te...

e passagens de Apuleio em que se menciona essa infâmia. (*Nota de Voltaire*, 1771.)

Abraão, de Eldaa, de Moda, de Elias, de Sofonias, de Zacarias, de Habacuc.

Na mesma época, forjaram o famoso livro de Enoque, que é o único fundamento de todo o mistério do cristianismo, uma vez que é apenas nesse livro que se encontra a história dos anjos[155] revoltados que pecaram no paraíso e que se tornaram diabos no inferno. Foi demonstrado que os escritos atribuídos aos apóstolos só foram compostos depois dessa fábula de Enoque, escrita em grego por algum cristão de Alexandria: Judas, em sua epístola, cita esse Enoque mais de uma vez; relata suas próprias palavras; carece suficientemente de juízo para assegurar[156] que Enoque, *sétimo homem depois de Adão, escreveu profecias*.

Temos, pois, duas imposturas grosseiras confirmadas: a do cristão que inventa livros de Enoque e a do cristão que inventa a epístola de Judas, na qual as palavras de Enoque são relatadas; jamais houve mentira mais grosseira.

É totalmente inútil procurar descobrir quem foi o principal autor dessas mentiras difundidas lentamente; mas há indícios de que tenha sido um tal de Hegesipo, cujas fábulas tiveram muito sucesso, que é citado por Tertuliano e em seguida copiado por Eusébio. É Hegesipo que relata que Judas era da raça de Davi, que seus netos viveram durante o governo do imperador Domiciano. Esse imperador, a crer no que diz, assustou-se muito ao saber que havia descendentes daquele grande rei Davi, que tinham um direito incontestável ao trono de Jerusalém e, por conseguinte, ao

---

155. A fábula do pecado dos anjos vem das Índias, de onde veio tudo que chegou até nós; era conhecida pelos judeus de Alexandria e pelos cristãos, que a adotaram bem mais tarde. É a primeira pedra do edifício do cristianismo. (*Id.*) – o começo desta nota até a palavra *adotaram*, inclusive, é de 1771; o resto, de 1775. (B.)

156. Versículo 14.

trono de todo o universo. Mandou chamar esses ilustres príncipes; mas, tendo visto o que eram, mendigos, mandou-os embora sem fazer-lhes mal.

Quanto a Judas, o avô deles, classificado entre os apóstolos, chamam-no ora de Tadeu, ora de Lebeu, como nossos punguistas, que têm sempre dois ou três nomes de guerra.

A pretensa carta de Jesus Cristo a um pretenso reizete da cidade de Edessa, que na época não tinha nenhum reizete, a viagem desse mesmo Tadeu para encontrar esse reizete, estiveram em voga durante quatrocentos anos entre os primeiros cristãos.

Todo aquele que escrevia um Evangelho, ou que se metia a doutrinar seu pequeno rebanho nascente, imputava a Jesus palavras e ações de que nossos quatro *Evangelhos* não falam. É assim que nos *Atos dos apóstolos*, no capítulo XX (versículo 35), Paulo cita estas palavras de Jesus: "Μακάριον ἔστι διδόναι μᾶλλον ἢ λαμβάνειν; mais vale dar do que receber." Essas palavras não estão nem em Mateus, nem em Marcos, nem em Lucas, nem em João.

As Viagens de Pedro, o Apocalipse de Pedro, os Atos de Pedro, os Atos de Paulo, de Tecla, as Cartas de Paulo a Sêneca e de Sêneca a Paulo, os Atos de Pilatos, as Cartas de Pilatos são bem conhecidas dos estudiosos; e não vale a pena remexer nos arquivos da mentira e da inépcia.

Levaram o ridículo ao extremo de escrever a história de Cláudia Prócula, mulher de Pilatos.

Um infeliz chamado Abdias, que dizem ter incontestavelmente vivido com Jesus Cristo e ter sido um dos mais famosos discípulos dos apóstolos, foi quem nos forneceu a história do combate de Pedro com Simão, o pretenso mago, tão célebre entre os primeiros cristãos. Foi com base nesta única impostura que se estabeleceu a crença de que Pedro foi a Roma; a essa fábula os papas devem toda a sua grandeza, tão vergonhosa para o gênero humano; e só isso já tornaria essa grandeza precária bem ridícula, se uma montanha de crimes não a tivesse tornado odiosa.

Eis, portanto, o que conta esse Abdias, que afirma ser testemunha ocular. Tendo Simão Pedro Barjonas vindo a Roma na época de Nero, Simão, o Mago, veio também. Um jovem, parente próximo de Nero, morreu; era muito conveniente ressuscitar um parente do imperador; os dois Simões ofereceram-se para tal empresa. Simão, o Mago, impôs como condição que mandassem matar aquele dos dois que não fosse bem-sucedido. Simão Pedro aceitou, e o outro Simão começou suas operações; o morto mexeu a cabeça: o povo inteiro lançou gritos de alegria. Simão Pedro pediu que fizessem silêncio e disse: "Senhores, se o defunto estiver vivo, que tenha a bondade de se levantar, andar e conversar conosco"; o morto acautelou-se, mas então Pedro lhe disse de longe: "Meu filho, levanta-te, Nosso Senhor Jesus Cristo te curou." O jovem se levantou, falou e andou; e Simão Barjonas entregou-o a sua mãe. Simão, seu adversário, foi queixar-se a Nero e lhe disse que Pedro não passava de um miserável charlatão e um ignorante. Pedro compareceu perante o imperador e lhe disse ao ouvido: "Acreditai em mim, sei mais que ele e, para prová-lo, mandai entregar-me secretamente dois pães de cevada; vereis que adivinharei os pensamentos dele e ele não adivinhará os meus." Trazem os dois pães para Pedro, ele os esconde na manga. Imediatamente Simão fez aparecerem dois cães enormes, que eram seus anjos tutelares: quiseram devorar Pedro, mas o ladino lhes jogou os dois pães; os cães os comeram e não fizeram nenhum mal ao apóstolo. "Pois bem, disse Pedro, podeis ver que eu conhecia os pensamentos dele e que ele não conhecia os meus."

O mago pediu sua revanche; prometeu que voaria nos ares como Dédalo; determinaram um dia: ele de fato voou; mas são Pedro orou a Deus com tantas lágrimas que Simão caiu e quebrou o pescoço. Nero, indignado por ter perdido um tão bom mago pelas preces de Simão Pedro, não deixou de mandar crucificar aquele judeu de cabeça para baixo.

Quem acreditaria que essa história é contada não só por Abdias, mas por dois outros cristãos contemporâneos, Hegesipo, de quem já falamos[157], e Marcelo? Mas esse Marcelo acrescenta belas particularidades de sua própria lavra. Parece-se com os escritores de evangelho que se contradizem uns aos outros. Marcelo inclui Paulo na história; acrescenta apenas que Simão, o Mago, para convencer o imperador de suas habilidades, disse a esse príncipe: "Fazei-me o favor de cortar minha cabeça, prometo-vos ressuscitar no terceiro dia." O imperador concordou; cortaram a cabeça do mago, que reapareceu no terceiro dia diante de Nero com a mais bela cabeça do mundo sobre o pescoço.

Peço agora ao leitor que reflita comigo: se os três imbecis Abdias, Hegesipo e Marcelo, que contam essas trivialidades, tivessem sido menos inábeis, tivessem inventado contos mais verossímeis sobre os dois Simões, eles não seriam considerados, hoje, como Padres da Igreja de modo irrefutável? Todos nossos doutores não os citariam todos os dias como testemunhas perfeitas? Não se provaria, em Oxford e na Sorbonne, a verdade de seus escritos por sua conformidade com os *Atos dos apóstolos*, e a verdade dos *Atos dos apóstolos* por esses mesmos escritos de Abdias, Hegesipo e Marcelo? Suas histórias são seguramente tão autênticas quanto os *Atos dos apóstolos* e os *Evangelhos*; chegaram até nós de século em século pela mesma via, e não há motivos para rejeitar mais umas que outras.

....

157. Acima, p. 83.

Calo sobre o resto dessa história, os belos feitos de André, de Tiago Maior, de João, de Tiago Menor, de Mateus e de Tomás. Quem quiser que leia essas inépcias. O mesmo fanatismo e a mesma imbecilidade ditaram todas elas; mas um ridículo longo demais é insípido demais[158].

....

158. Milorde Bolingbroke tem razão. É o tédio mortal que experimentamos ao ler todos esses livros que os salva do exame ao qual não resistiriam. Onde estão os magistrados, os guerreiros, os negociantes, os agricultores ou até os homens de letras que tenham ao menos ouvido falar das Gestas do bem-aventurado apóstolo André, da Carta de santo Inácio, o mártir, à Virgem Maria e da Resposta da Virgem? Será que conheceríamos algum dos livros dos judeus e dos primeiros cristãos, se homens pagos para exaltá-los não os tivessem martelado continuamente em nossas orelhas, se não tivessem feito de nossa credulidade um patrimônio seu? Haverá algo no mundo mais ridículo e mais grosseiro que a fábula da viagem de Simão Barjonas a Roma? É contudo sobre essa impertinência que está fundado o trono do papa: é o que mergulhou todos os bispos de sua comunhão na sua dependência; é o que faz com que se intitulem bispos pela permissão do Sumo Pontífice, embora sejam iguais a ele pelas leis de sua Igreja. Em suma, foi o que deu aos papas as propriedades dos imperadores na Itália. Foi o que espoliou trinta senhores italianos para enriquecer esse ídolo. (*Nota de Voltaire*, 1771.)

CAPÍTULO XXI

Os dogmas e a metafísica dos cristãos dos primeiros séculos. – Justino

Justino, que viveu no tempo dos Antoninos, foi um dos primeiros a ter algum conhecimento do que chamavam de filosofia. Foi também um dos primeiros a dar crédito aos oráculos das sibilas, à nova Jerusalém e à estada de Jesus Cristo na terra por mil anos. Afirmou que toda a ciência dos gregos vinha dos judeus. Garantiu, na sua segunda apologia a favor dos cristãos, que os deuses não passavam de diabos que vinham, na forma de íncubos e súcubos, deitar com os homens e as mulheres, e que Sócrates só foi condenado à cicuta por ter pregado essa verdade aos atenienses.

Antes dele, não se conhece ninguém que tenha falado do mistério da Trindade como se fala hoje. Supondo que sua obra não tenha sido falsificada, ele diz expressamente, na sua exposição da fé, "que no começo houve um só Deus em três pessoas, que são o Pai, o Filho e o Espírito Santo; que o Pai não é gerado e que o Espírito Santo procede"[159].

....

159. É muito provável que essas palavras tenham, na verdade, sido acrescentadas ao texto de Justino, pois, como é possível que Justino, que viveu tanto tempo antes de Lactâncio, tenha falado dessa forma da Trindade e que Lactâncio tenha falado apenas do Pai e do Filho?

De resto, está claro que os cristãos só propuseram esse dogma da Trindade com a ajuda dos platônicos de sua seita. A Trindade é um dogma de Platão e certamente não é um dogma de Jesus, que nunca ouvira falar dela em sua aldeia. (*Nota de Voltaire*, 1771.)

Mas, para explicar essa Trindade de uma maneira diferente de Platão, compara a Trindade a Adão. Adão, diz ele, não foi gerado; Adão se identifica com seus descendentes: da mesma forma o Pai se identifica com o Filho e o Espírito Santo. Em seguida, esse Justino escreveu contra Aristóteles; e podemos garantir que, se ninguém entendia Aristóteles, não era Justino quem o entendia.

No artigo XLIII de suas respostas aos ortodoxos, ele garante que os homens e as mulheres ressuscitarão com os órgãos de procriação, dado que esses órgãos farão com que se lembrem continuamente de que sem eles jamais teriam conhecido Jesus Cristo, pois não teriam nascido. Todos os Padres, sem exceção, raciocinaram mais ou menos como Justino; e para conduzir o vulgo não se precisa de melhores raciocínios. Locke e Newton não teriam feito religião.

De resto, esse Justino e todos os Padres que o seguiram acreditavam, como Platão, na preexistência das almas; e, embora admitissem que a alma é espiritual, uma espécie de vento, de sopro, de ar invisível, concebiam-na, na verdade, como um composto de matéria sutil. "A alma é manifestamente composta, diz Taciano em seu *Discurso aos gregos*; pois como poderia ela se fazer conhecer sem corpo?" Arnóbio fala mais positivamente ainda da corporeidade das almas. "Quem não vê", diz ele, "que o imortal e simples não pode sofrer nenhuma dor? A alma nada mais é que o fermento da vida, o eletuário de uma coisa dissolúvel; *fermentum vitae, rei dissociabilis glutinum.*"

CAPITULO XXII

Tertuliano

Tertuliano, o africano, viveu depois de Justino. O metafísico Malebranche, homem célebre em seu país, dá-lhe, sem meias palavras, o epíteto de louco, e os escritos desse africano justificam Malebranche. A única obra de Tertuliano lida nos dias de hoje é sua *Apologia da religião cristã*. Abbadie, Houteville[160] consideram-na uma obra-prima, sem citar nenhuma passagem dela. Essa obra-prima consiste em injuriar os romanos em vez de louvá-los; em imputar-lhes crimes e emitir com petulância asserções das quais não apresenta a mais tênue prova.

Censura os romanos (capítulo IX) porque os povos de Cartago de vez em quando ainda imolavam em segredo crianças a Saturno, apesar das proibições expressas dos imperadores sob pena de morte[161]. Era uma oportunidade para

....

160. Abbadie e Houteville não eram tão loucos quanto Tertuliano? (*Nota de Voltaire*, 1776.)

161. Pode haver algo mais ridículo do que essa acusação de Tertuliano aos romanos, de que os cartagineses eludiram a sabedoria e a bondade de suas leis imolando crianças secretamente?

O mais horrível, contudo, é que ele afirma, nesse mesmo capítulo IX, que várias senhoras romanas engoliam o esperma de seus amantes. Que relação essa estranha impudicícia podia ter com a religião?

Tertuliano era realmente louco; seu livro sobre o *Pálio* é prova suficiente disso. Diz que trocou a toga pelo pálio porque as serpentes mudam de pele

louvar a sabedoria romana e não para insultá-la. Recrimina-os pelos combates dos gladiadores, que faziam lutar contra animais ferozes, reconhecendo que só eram expostos a isso criminosos condenados à morte. Era um meio que lhes davam de salvar a vida por sua coragem. Mais um motivo para louvar os romanos: eram os combates dos gladiadores voluntários que ele deveria ter condenado, e disso ele não fala.

Arrebata-se (capítulo XXIII) a ponto de dizer: "Trazei-me vossa virgem celeste que promete chuvas e vosso Esculápio que conserva a vida daqueles que deverão perdê-la pouco tempo depois: se não confessarem que são diabos (não ousariam mentir diante de um cristão), vertei o sangue deste cristão temerário. Há algo mais evidente? Há algo mais comprovado?"

A tudo isso o leitor sensato responde: Há algo mais extravagante e mais fanático que esse discurso? Como poderiam estátuas confessar ao primeiro cristão que aparecesse que eram diabos? Em qual tempo, em qual lugar viu-se semelhante prodígio? Tertuliano tinha de estar bem certo de que os romanos não leriam sua ridícula apologia e que não lhe dariam estátuas de Esculápio para exorcizar para ousar proferir tais absurdos.

Seu capítulo XXXII, que nunca foi notado, é muito notável. *"Oramos a Deus"*, diz ele, "pelos imperadores e pelo império; mas é porque sabemos que a dissolução geral que ameaça o universo e o fim dos séculos serão retardados dessa forma."

Miserável! Não orarias por teus senhores se soubesses que o mundo ainda subsistiria.

O que Tertuliano quer dizer no seu latim bárbaro? Refere-se ao reino de mil anos? Refere-se ao fim do mundo

....

e os pavões de plumas. É com argumentos semelhantes que prova seu cristianismo. O fanatismo não pede argumentos melhores. (*Id.*, 1771.)

anunciado por Lucas e por Paulo e que não tinha acontecido? Entende que um cristão pode, mediante sua prece, impedir Deus de pôr fim ao universo depois que Deus resolveu acabar com a sua obra? Essa não é uma idéia de energúmeno, seja qual for o sentido que se dê a ela?

Uma observação bem mais importante é que no final do segundo século já havia cristãos muito ricos. Não surpreende que em duzentos anos seus missionários ardentes e incansáveis tivessem finalmente conseguido atrair para seu partido pessoas de famílias honestas. Excluídos das dignidades porque não queriam assistir às cerimônias instituídas para a prosperidade do império, dedicavam-se ao comércio como os presbiterianos e outros não-conformistas fizeram na França e fazem entre nós; eles enriqueciam. Seus ágapes eram grandes festins; já se lhes recriminava o luxo e a fartura. Tertuliano concorda (capítulo XXXIX): "É verdade", diz ele; "mas nos mistérios de Atenas e do Egito também não há fartos banquetes? Por maior que seja nossa despesa, ela é útil e piedosa, pois os pobres dela se beneficiam. *Quantiscumque sumptibus constet, lucrum est pietatis, siquidem inopes refrigerio isto juvamus."*

Finalmente, o fogoso Tertuliano queixa-se de que não perseguem os filósofos, mas reprimem os cristãos (capítulo XLVI). "Há alguém", diz ele, "que force um filósofo a sacrificar, a jurar por vossos deuses? *Quis enim philosophum sacrificare aut dejerare* etc." Essa diferença prova evidentemente que os filósofos não eram perigosos e que os cristãos o eram. Os filósofos zombavam, bem como todos os magistrados, das superstições populares; mas não representavam um partido, uma facção no império, e os cristãos começavam a compor uma facção tão perigosa que acabou contribuindo para a destruição do império romano. Por esse único aspecto, vê-se que eles teriam sido os mais cruéis perseguidores se fossem os senhores: sua seita, insociável, intolerante, esperava apenas o momento de estar em plena liberdade para seqüestrar a liberdade do resto do gênero humano.

Já Rutílio, prefeito de Roma[162], dizia sobre essa facção meio judaica e meio cristã:

> Atque utinam nunquam Judaea subacta fuisset
> Pompeii bellis, imperioque Titi!
> Latius excisae pestis contagia serpunt;
> Victoresque suos natio victa premit.[163]

> Prouvera aos deuses que Tito, prouvera aos deuses que
> [Pompeu,
> Jamais tivessem domado essa infame Judéia!
> Seus venenos entre nós estão mais espalhados:
> Os vencedores oprimidos vão ceder aos vencidos.

Nesses versos, nota-se que os cristãos ousavam exibir o pavoroso dogma da intolerância: bradavam por toda parte

....

162. Milorde Bolingbroke comete um engano aqui. Rutílio viveu mais de um século depois de Justino; mas isso mesmo prova quanto todos os romanos honestos estavam indignados com os progressos da superstição. Esta fizera enormes progressos no século III; tornara-se um Estado dentro do Estado, e foi uma grande política de Constâncio Cloro e de seu filho porem-se à frente de uma facção que se tornara tão rica e poderosa. O mesmo não ocorria nos tempos de Tertuliano. Sua *Apologética*, feita por um homem tão obscuro, na África, foi tão pouco conhecida dos imperadores quanto as barafundas de nossos presbiterianos foram conhecidas pela rainha Ana. Nenhum romano falou desse Tertuliano. Tudo o que os cristãos de hoje declamam com tanto fasto era, naquela época, totalmente ignorado. Essa facção prevaleceu: na hora certa; sempre é preciso que haja uma que prevaleça sobre as outras num país. Que ela ao menos não seja tirânica; ou, se ainda assim quer seqüestrar nossos bens e banhar-se em nosso sangue, que se ponha um freio à sua avareza e à sua crueldade. (*Nota de Voltaire*, 1771.)

163. Esses versos estão no primeiro livro do poema de Cláudio Rutílio Numaciano, intitulado *Itinerarium ou De Reditu*. O autor era gaulês e floresceu no começo do século V. De sua obra resta apenas o primeiro livro e sessenta e oito versos do segundo. J.-J. Lefranc de Pompignan a traduziu para o francês. (B.)

que era preciso destruir a antiga religião do império, e já se via que não havia mais meio-termo entre a necessidade de exterminá-los ou ser em breve exterminado por eles. Contudo, a indulgência do senado foi tanta que foram muito poucas as condenações à morte, como reconhece Orígenes na sua resposta a Celso, no livro III.

Não analisaremos aqui os outros escritos de Tertuliano: não examinaremos seu livro que ele intitula *Scorpion*, porque os gnósticos picam, diz ele, como escorpiões; nem seu livro sobre os pálios, de que Malebranche já zombou o suficiente. Mas não calemos a respeito de sua obra sobre a alma: ele não só procura provar que ela é material, como pensavam todos os Padres dos três primeiros séculos; ele não só se apóia na autoridade do grande poeta Lucrécio,

Tangere enim ac tangi, nisi corpus, nulla potest res;
(Lib. I, v. 305.)

como garante que a alma é visível e colorida: são esses os defensores da Igreja; são esses seus Padres. De resto, não esqueçamos que ele era padre e casado: esses dois estados ainda não eram sacramentos e os bispos de Roma só proibiram o casamento aos padres quando se tornaram poderosos e ambiciosos o suficiente para ter, numa parte da Europa, uma milícia que, sem família e sem pátria, se sujeitasse melhor às suas ordens.

CAPÍTULO XXIII

Clemente de Alexandria

Clemente, sacerdote de Alexandria, chama sempre os cristãos de *gnósticos*. Acaso pertencia a uma dessas seitas que dividiram os cristãos e que sempre os dividirão? Ou os cristãos usavam então o título de *gnósticos?* Como quer que seja, a única coisa que pode instruir e agradar em suas obras é a profusão de versos de Homero e até de Orfeu, de Museu, de Hesíodo, de Sófocles, de Eurípides e de Menandro que, na verdade, ele cita indevidamente, mas que sempre se relê com prazer. É o único dos Padres dos três primeiros séculos que escreveu nesse estilo; em sua *Exortação às nações* e em seus *Stromata*, revela um grande conhecimento dos antigos livros gregos e dos ritos asiáticos e egípcios; praticamente não argumenta, para sorte do leitor.

Seu maior defeito é sempre considerar fábulas inventadas por poetas e romancistas como a essência da religião dos gentios, defeito comum aos outros Padres e a todos os escritores polemistas. Quanto mais tolices atribuímos a nossos adversários, mais cremos estar isentos delas; ou melhor, fazemos compensações de ridículos. Dizemos: Se achais ruim que nosso Jesus seja filho de Deus, tendes vosso Baco, vosso Hércules, vosso Perseu, todos eles filhos de Deus; se nosso Jesus foi transportado pelo diabo para o alto de uma montanha, vossos gigantes jogaram montanhas na cabeça de Júpiter. Se não quereis crer que nosso Jesus converteu água em vinho nas núpcias de uma aldeia, não acreditaremos que as filhas de Ânio converteram tudo o que tocaram em trigo, vinho e azeite.

O paralelo é muito longo e muito preciso de ambos os lados.

O milagre mais singular de toda a antiguidade pagã, que Clemente de Alexandria relata em sua *Exortação*, é o de Baco nos infernos. Baco não sabia o caminho; um certo Prosimno, que Pausanias e Higino chamam com outro nome, ofereceu-se para mostrá-lo com a condição de que, ao voltar, Baco (que era muito bonito) lhe pagasse em favores e sofresse dele o que Júpiter fez a Ganimedes e Apolo a Jacinto. Baco aceitou o trato, foi aos infernos; mas, ao voltar, Prosimno havia morrido; não quis faltar à sua promessa e, encontrando uma figueira perto do túmulo de Prosimno, talhou num ramo a forma de um falo e meteu-o, em nome de seu benfeitor, na parte destinada a cumprir sua promessa, não tendo, pois, motivos para se censurar.

Semelhantes extravagâncias, comuns a quase todas as antigas religiões, provam de forma irrecusável que todo aquele que se afasta da verdadeira religião, da verdadeira filosofia, que é a adoração de um Deus sem nenhuma mistura, todo aquele que, em suma, se entregou às superstições, não pôde dizer senão coisas insensatas.

Contudo, pode-se dizer com franqueza que essas fábulas milésias eram a religião romana? Alguma vez o senado ergueu um templo a Baco, que se sodomizara a si mesmo? A Mercúrio ladrão? Ganimedes teve templos? Na verdade, Adriano mandou erigir um templo a seu amigo Antínoo, tal como Alexandre a Heféstion; mas homenageavam-nos na qualidade de amantes? Existe alguma medalha, algum monumento com inscrição dedicada a Antínoo pederasta? Os Padres da Igreja divertiam-se à custa daqueles que chamavam de gentios; mas quantas represálias tinham os gentios à sua disposição! Um tal de José que entrou para o rol dos maridos traídos por meio de um anjo; um Deus carpinteiro cujas antepassadas eram adúlteras, incestuosas, prostitutas; um Paulo que viajava para o terceiro céu; e um marido[164] e sua mulher que caem mortos por não terem dado a Simão Barjonas todos os seus bens, tudo isso fornecia aos gentios armas terríveis! Os anjos de Sodoma não equivalem a Baco e Prosimno ou à fábula de Apolo e Jacinto?

O bom senso é igual nesse Clemente e em todos os seus confrades[165]. Segundo ele, Deus fez o mundo em seis dias e descansou no sétimo porque há sete estrelas errantes; porque a pequena ursa é composta de sete estrelas, bem como as plêiades; porque são sete os principais anjos; porque a lua muda de face a cada sete dias; porque o sétimo dia é crítico nas doenças. A isso chamam a verdadeira filosofia, τήν ἀληθήν φιλοσοφίαν γνωστικὴν. Mais uma vez, são essas as pessoas preferidas a Platão e a Cícero; e hoje temos de reverenciar todos esses obscuros pedantes, cujos desvarios fanáticos a indulgência dos romanos permitiu que se disseminassem por Alexandria, principal lugar onde se formaram os dogmas do cristianismo!

---

164. Ananias; ver At 5.
165. *Stromat.*, VI. (*Nota de Voltaire*, 1767.)

CAPÍTULO XXIV

Ireneu

Ireneu, a bem dizer, não tem nem ciência, nem filosofia, nem eloqüência: limita-se quase sempre a repetir o que diziam Justino, Tertuliano e os outros; como eles, crê que a alma é uma figura leve e aérea; está convencido do reino de mil anos numa nova Jerusalém descida do céu para a Terra. No seu quinto livro, capítulo XXXIII, vê-se a enorme quantidade de farinha que cada grão de trigo produzirá e quantos tonéis serão precisos para cada cacho de uva naquela bela cidade[166]; ele espera o Anticristo ao final desses mil anos e explica maravilhosamente o número 666, que é a marca da besta. Admitimos que em tudo isso ele não difere dos outros Padres da Igreja.

Mas uma coisa bastante importante e que talvez não tenha sido destacada o suficiente é que ele assegura que Jesus morreu depois dos cinqüenta anos e não com trinta e um ou trinta e três, como se pode inferir dos *Evangelhos*.

Ireneu[167] invoca os *Evangelhos* como prova dessa opinião; toma como testemunhas todos os anciãos que vive-

---

166. Cada cepa produzia dez mil cachos; cada cacho, dez mil uvas; cada uva, dez mil ânforas. (*Id.*, 1771.)

167. Ireneu, liv. II, cap. XXII, edição de Paris, 1710. (*Nota de Voltaire*, 1767.)

ram com João e também com os outros apóstolos; declara positivamente que só aqueles que vieram ao mundo tarde demais para conhecer os apóstolos podem ter uma opinião contrária. Ademais, contrariando seu costume, agrega a essas provas de fato um argumento bastante conclusivo.

No *Evangelho de João*, Jesus diz[168]: "Vosso pai Abraão exultou com o pensamento de ver o meu dia; viu-o e rejubilou-se", e os judeus lhe responderam[169]: "Estás louco? Ainda não tens cinqüenta anos e te glorificas de ter visto nosso pai Abraão?"

Ireneu conclui daí que Jesus estava perto dos cinqüenta anos quando os judeus assim lhe falaram. Com efeito, se esse Jesus tivesse então trinta anos no máximo, não lhe teriam falado de cinqüenta anos. Por fim, uma vez que Ireneu refere como provas os *Evangelhos* e todos os anciãos que tinham esses escritos nas mãos, os *Evangelhos* daquele tempo não eram aqueles de que dispomos hoje. Foram alterados como tantos outros livros. Porém, já que os mudaram, deviam tê-los tornado um pouco mais sensatos.

---

168. 8, 56.
169. 8, 57.

CAPÍTULO XXV

Orígenes e a Trindade

Clemente de Alexandria fora o primeiro erudito entre os cristãos. Orígenes foi o primeiro disputador. Mas que filosofia a de seu tempo! Foi uma criança prodígio e desde jovem lecionou na grande cidade de Alexandria, onde os cristãos mantinham uma escola pública: os cristãos não tinham nenhuma em Roma. Ademais, entre aqueles que ostentavam o título de bispos de Roma, não se encontra nenhum homem ilustre, o que é digno de nota. Essa Igreja, que em seguida tornou-se tão poderosa e orgulhosa de si, deve tudo aos egípcios e aos gregos.

Havia sem dúvida uma grande dose de sandice na filosofia de Orígenes, já que teve a idéia absurda de cortar os próprios testículos. Epifânio escreveu que um prefeito de Alexandria dera-lhe a alternativa de servir de Ganimedes a um etíope ou sacrificar-se aos deuses e que ele se sacrificou para não ser sodomizado por um desprezível etíope[170].

Se foi isso que o decidiu a se tornar eunuco ou se foi outra razão é algo que deixo para os estudiosos da história dos eunucos examinarem; atenho-me aqui às tolices do espírito humano.

---

170. Epifânio, *Hoeres*. 64, capítulo II. (*Nota de Voltaire*, 1767.)

Foi o primeiro a tornar popular o *nonsense*, o galimatias da Trindade, que ficara esquecido depois de Justino. Os cristãos tinham começado a ousar ver o filho de Maria como Deus, como uma emanação do Pai, como o primeiro *Éon*, de certa forma identificado com o Pai; mas ainda não tinham feito um Deus do Espírito Santo. Ainda não tinham ousado falsificar não sei que epístola atribuída a João, na qual inseriram as seguintes palavras ridículas[171]: "São três os que dão testemunho no céu: o Pai, o Verbo e o Espírito Santo." Seria assim que se deveria falar de três substâncias ou pessoas divinas, que compõem juntas o Deus criador do mundo? Deveríamos dizer que dão testemunho? Outros exemplares tornam essas palavras ainda mais ridículas: "São três os que dão testemunho na Terra: o espírito, a água e o sangue, e esses três são uma mesma coisa."[172] Em outras có-

....

171. Primeira epístola de são João, V, 7.

172. Atormentam-se muito para saber se essas palavras são de João ou não. Os cristícolas que as rejeitam invocam o antigo manuscrito do Vaticano, onde elas não se encontram; aqueles que as aceitam alegam documentos mais novos. Mas, sem entrar nessa discussão inútil, ou essas linhas são de João ou não são. Se forem, deviam ter trancafiado João no Bedlam daqueles tempos, caso houvesse algum; se não é ele o autor dessas linhas, são de um falsário bem tolo e bem impudente.

Deve-se reconhecer que não havia nada mais comum entre os primeiros cristícolas que essas suposições atrevidas. Não se conseguia descobrir sua falsidade pela raridade dessas obras mentirosas e porque a facção nascente furtava-as com cuidado ao olhar daqueles que não eram iniciados em seus mistérios!

Já observamos que o crime mais horrível aos olhos dessa seita era mostrar aos gentios o que ela chamava de livros sagrados. Que abominável contradição desses infelizes! Diziam: Devemos pregar o cristianismo por toda a Terra; e não mostravam a ninguém os escritos nos quais esse cristianismo está contido. Que diríeis de uma dúzia de mendigos que entrassem no salão de Westminster para reclamar os bens de um homem morto no país de Gales mas não quisessem mostrar seu testamento? (*Nota de Voltaire*, 1771.) – Foi acima, na p. 82, e no tomo XIX, p. 42, que Voltaire fizera a observação de que fala no começo do último parágrafo.

pias ainda acrescentaram: *e esses três são uma mesma coisa em Jesus*. Nenhuma dessas passagens, todas diferentes umas das outras, está nos antigos manuscritos; nenhum dos Padres dos três primeiros séculos as cita; e, aliás, que fruto poderiam recolher aqueles que aceitam essas falsificações? Como podem entender que o espírito, a água e o sangue são a Trindade e são uma mesma coisa? Será porque está escrito[173] que Jesus suou sangue e água e entregou o espírito? Qual a relação dessas três coisas com um Deus em três hipóstases?

A trindade de Platão era de outra espécie; não é conhecida: ei-la tal como podemos descobri-la em seu *Timeu*. O Demiurgo eterno é a causa primeira de tudo o que existe; sua idéia arquetípica é a segunda; a alma universal, que é sua obra, a terceira. Há algum sentido nessa opinião de Platão. Deus concebe a idéia do mundo, Deus o faz, Deus o anima; mas Platão nunca foi louco o suficiente para dizer que isso compunha três pessoas em Deus. Orígenes era platônico; pegou o que pôde de Platão, fez uma trindade à sua moda. Esse sistema permaneceu tão obscuro nos primeiros séculos que Lactâncio, no tempo do imperador Constantino, falando em nome de todos os cristãos, explicando a crença da Igreja e dirigindo-se ao próprio imperador, não disse uma palavra sobre a Trindade; ao contrário, eis como ele fala, no capítulo XXIX do livro IV de suas *Institutas*: "Talvez alguém me pergunte como adoramos um único Deus, se afirmamos que há dois, o Pai e o Filho; mas não os distinguimos porque o Pai não pode existir sem seu Filho e o Filho sem seu Pai."

O Espírito Santo foi totalmente esquecido por Lactâncio, e alguns anos depois fez-se dele apenas uma brevíssi-

---

173. Lc 22, 44.

ma e ademais negligente menção no concílio de Nicéia, pois, depois de ter feito da declaração tão solene quanto ininteligível desse dogma sua obra, que o Filho é consubstancial ao Pai, o concílio contenta-se em dizer simplesmente: *Cremos também no Espírito Santo*[174].

Pode-se dizer que Orígenes lançou os primeiros fundamentos dessa metafísica quimérica que foi apenas fonte de discórdia e que era absolutamente inútil para a moral. É evidente que se podia ser igualmente honesto, sábio e moderado com uma ou com três hipóstases, e que essas invenções teológicas nada têm em comum com nossos deveres.

Orígenes atribui um corpo sutil a Deus, bem como aos anjos e a todas as almas; e diz que Deus pai e Deus filho são duas substâncias diferentes; que o Pai é maior que o Filho, o Filho maior que o Espírito Santo e o Espírito Santo maior que os anjos. Diz que o Pai é bom em si mesmo; mas que o Filho não é bom em si mesmo; que o Filho não é a verdade em relação a seu Pai, mas a imagem da verdade em relação a nós; que não se deve adorar o Filho e sim o Pai; que é apenas ao Pai que devemos dirigir nossas preces; que o Filho trouxe do céu a carne de que se revestiu no seio de Maria e que ao subir ao céu deixou seu corpo ao sol.

Reconhece que a Virgem Maria, ao parir o Filho de Deus, expulsou as secundinas como qualquer outra; o que

---

174. Que infeliz equívoco é esse Espírito Santo, esse *agion pneuma*, do qual os cristícolas fizeram um terceiro Deus! Essa palavra significava apenas sopro. Encontrareis no *Evangelho* atribuído a João, cap. XX, v. 22: "Ao dizer essas coisas, soprou sobre eles e lhes disse: Recebei o Espírito Santo."

Notai que era uma antiga cerimônia dos feiticeiros soprar na boca daqueles que queriam enfeitiçar. Eis, portanto, a origem do terceiro Deus desses energúmenos; haverá algo essencialmente mais blasfematório e mais ímpio? E os muçulmanos não têm razão de considerá-los idólatras infames? (*Nota de Voltaire*, 1771.)

a obrigou a se purificar no templo judeu, pois todos sabem que nada é tão impuro quanto as secundinas. O duro e petulante Jerônimo censurou-o acremente, cerca de cento e cinqüenta anos depois de sua morte, por várias opiniões semelhantes, tão válidas quanto as opiniões de Jerônimo: pois, desde que os primeiros cristãos se meteram a ter dogmas, trocaram grossas injúrias e já anunciaram as guerras civis que iriam desolar o mundo por causa de argumentos.

Não esqueçamos que Orígenes distinguiu-se mais que qualquer outro por transformar todos os fatos da Sagrada Escritura em alegorias; e devemos reconhecer que essas alegorias são muito engraçadas. A gordura dos sacrifícios é a alma de Jesus Cristo; o rabo dos animais sacrificados é a perseverança nas boas obras. Quando está escrito no *Êxodo*, capítulo XXXIII, que Deus põe Moisés na fenda de uma rocha a fim de que Moisés veja as nádegas de Deus mas não seu rosto, essa fenda da rocha é Jesus Cristo, através de quem vemos Deus pai por trás[175].

Com isso, penso eu, já temos o suficiente para conhecer os Padres e para fazer ver sobre que fundamentos construíram o mais monstruoso edifício que já desonrou a razão. Essa razão disse a todos os homens: a religião deve ser clara, simples, universal, ao alcance de todos os espíritos,

....
175. Era uma crença supersticiosa muito antiga, em quase todos os povos, de que não se podia ver os deuses tal como são sem morrer. Assim, Sémele foi fulminada por ter querido deitar com Júpiter tal como ele era.

Uma das maiores entre as incontáveis contradições que pululam em todos os livros está neste versículo do *Êxodo* [XXXIII,23]: "Só me verás pelas costas." O livro de *Números*, capítulo XII [versículo 8], diz expressamente que Deus se mostrava a Moisés como um amigo diante de um amigo; que ele via Deus face a face e que eles se falavam às claras.

Nossos pobres teólogos resolvem o problema dizendo que uma passagem deve ser entendida em sentido próprio e a outra num sentido figurado. Não seria o caso de lhes dar bexigas de porco para pôr no lugar do nariz, em sentido figurado e em sentido próprio? (*Nota de Voltaire*, 1771.)

porque é feita para todos os corações; sua moral não deve ficar sufocada sob o dogma, nada de absurdo deve desfigurá-la. Foi em vão que a razão falou assim; o fanatismo gritou mais alto que ela. E quantos males esse fanatismo não causou?

CAPÍTULO XXVI

Mártires

Por que os romanos nunca perseguiram por sua religião nenhum daqueles infelizes judeus detestáveis, nem nunca os obrigou a renunciar a suas superstições, por que deixaram-lhes seus ritos e suas leis e permitiram que tivessem sinagogas em Roma, contando-os inclusive entre os cidadãos a quem se distribuía generosamente trigo? E de onde vem que esses mesmos romanos, tão indulgentes, tão liberais com esses infelizes judeus, fossem, por volta do século III, mais severos com os adoradores de um judeu? Não será porque os judeus, ocupados em vender panos e filtros, não tinham a gana de exterminar a religião do império e os cristãos intolerantes estavam possuídos por essa gana?[176]

Com efeito, no século III, foram punidos alguns dos mais fanáticos; mas em número tão pequeno que nenhum

---

176. Não há certamente o que responder a essa asserção de milorde Bolingbroke. Está demonstrado que os antigos romanos não perseguiram ninguém por seus dogmas. Esse execrável horror só foi cometido pelos cristãos e sobretudo pelos romanos modernos. Ainda hoje há dez mil judeus em Roma que são muito protegidos, embora se saiba que consideram Jesus um impostor. Mas, se um cristão ousar gritar na Igreja de São Pedro ou na praça Navona que três são três e que o papa não é infalível, ele será infalivelmente queimado.

Dou como certo que os cristãos só foram perseguidos como facciosos destruidores das leis do império; e o que demonstra que eles queriam cometer esse crime é que o cometeram. (*Nota de Voltaire*, 1771.)

historiador romano dignou-se a falar disso. Os judeus, revoltados nos tempos de Vespasiano, de Trajano e de Adriano foram sempre cruelmente castigados como mereciam: foram até proibidos de ir à sua cidadezinha de Jerusalém, da qual aboliram até o nome porque ela sempre fora o centro da revolta; mas foi-lhes permitido circuncidar seus filhos sob os muros do Capitólio e em todas as províncias do império.

Os sacerdotes de Ísis foram punidos em Roma no tempo de Tibério. O templo deles foi demolido porque aquele templo era um mercado de prostituição e um antro de ladrões; mas permitiram aos sacerdotes e sacerdotisas de Ísis exercer seu ofício em qualquer outro lugar. Seus bandos andavam impunemente em procissão de cidade em cidade; faziam milagres, curavam as doenças, liam a sorte, dançavam a dança de Ísis com castanholas. É o que se pode ver largamente em *Apuleio*. Observaremos aqui que essas mesmas procissões perpetuaram-se até nossos dias. Encontram-se ainda na Itália alguns vestígios desses antigos vagabundos chamados *zíngaros*, e entre nós *Gipsies*, que é a abreviação de egípcios, e que, creio eu, foram denominados boêmios na França. A única diferença entre eles e os judeus é que os judeus, tendo sempre exercido o comércio como os baneanes, perduraram, tal como os baneanes, ao passo que os bandos de Ísis, existindo em muito pequeno número, quase desapareceram.

Os magistrados romanos, que davam tanta liberdade aos isíacos e aos judeus, faziam o mesmo com todas as outras seitas do mundo. Todo Deus era bem-vindo em Roma:

Dignus Roma locus, quo deus omnis eat.
(OVÍDIO, *Fast.*, liv. IV, v. 270.)

Todos os deuses da terra haviam-se tornado cidadãos de Roma. Nenhuma seita era louca o bastante para querer subjugar as outras; assim, todos viviam em paz.

A seita cristã foi a única que, no final do segundo século de nossa era, ousou dizer que queria a exclusão de todos os ritos do império e que ela devia não só dominar, mas esmagar todas as religiões. Os cristícolas não cessavam de dizer que seu Deus era um Deus ciumento: que bela definição do Ser dos seres é imputar-lhe o mais covarde dos vícios!

Os entusiastas, que pregavam em suas assembléias, formavam um povo de fanáticos. Era impossível não haver, em meio a tantas cabeças inflamadas, insensatos que insultassem os sacerdotes dos deuses, que perturbassem a ordem pública, que cometessem indecências puníveis. Foi o que vimos ocorrer com todos os sectários da Europa, que tiveram todos, como provaremos, infinitamente mais mártires mortos por nossas mãos do que os cristãos jamais tiveram no tempo dos imperadores.

Os magistrados romanos, incitados pelas queixas do povo, foram vez por outra levados a crueldades indignas; chegaram a enviar mulheres para a morte, conquanto, certamente, essa barbárie não esteja comprovada. Mas quem ousará repreender os romanos por terem sido severos demais quando vemos o cristão Marcelo, centurião[177], jogar sua faixa militar e seu bastão de comandante no meio das águias romanas, berrando com voz sediciosa: "Quero servir tão-somente a Jesus Cristo, o eterno rei; renuncio aos imperadores"? Em que exército teria sido deixada impune uma insolência tão perniciosa? Eu certamente não a teria tolerado nos tempos em que era ministro da guerra, e o duque de Marlborough não a teria tolerado mais que eu.

Se for verdade que Polieuto, na Armênia, no dia em que se rendiam graças aos deuses no templo por uma notável vitória, escolheu aquele momento para derrubar as estátuas,

---

177. Ver tomo XVIII, p. 386; e XXIV, 485.

para jogar o incenso no chão, isso não é em qualquer país crime de um demente?

Quando o diácono Lourenço recusa ao prefeito de Roma o pagamento de tributos; quando, tendo prometido dar algum dinheiro do tesouro dos cristãos, que era considerável, leva apenas mendigos no lugar do dinheiro, não é isso insultar declaradamente o imperador, não é cometer o crime de lesa-majestade? É muito improvável que tenham mandado fazer uma grelha de seis pés para assar Lourenço, mas é certo que ele merecia punição.

O empolado Gregório de Nissa fez o elogio de são Teodoro, que teve o atrevimento de queimar em Amazee o templo de Cibele, assim como se diz que Eróstrato queimara o templo de Diana. Ousaram fazer um santo desse incendiário, que certamente merecia o pior suplício. Fazem-nos adorar o que punimos com o pior suplício.

Todos os martírios, aliás, que tantos escritores copiaram de século em século, lembram tanto a *Legenda áurea* que na verdade não há um desses contos que não cause pena. Um desses primeiros contos é o de Perpétua e de Felicidade. Perpétua viu uma escada de ouro que ia até o céu. (Jacó vira apenas uma de madeira: isso marca a superioridade da nova lei.) Perpétua sobe a escada: vê num jardim um grande pastor branco que ordenhava suas ovelhas e que lhe dá uma colherada de leite coalhado. Depois de três ou quatro visões semelhantes, Perpétua e Felicidade são expostas a um urso e a uma vaca.

O beneditino francês chamado Ruinart[178], acreditando responder a nosso sábio compatriota Dodwell, recolheu supostos atos de mártires, que denomina *Atos sinceros*. Ruinart começa com o martírio de Tiago, irmão mais velho de

---

178. Ver tomo XIV, p. 125.

Jesus, relatado na *História eclesiástica* de Eusébio, trezentos e trinta anos depois do acontecimento.

Jamais deixemos de observar que Deus tinha irmãos homens. Esse irmão mais velho, dizem, era um judeu muito devoto; não cessava de rezar e de sacrificar no templo judeu, mesmo depois da descida do Espírito Santo; portanto, não era cristão. Os judeus chamavam-no *Oblia, o justo*; pediram-lhe que subisse na plataforma do templo para declarar que Jesus era um impostor: esses judeus eram realmente bem tolos de dirigir-se ao irmão de Jesus. Ele não deixou de declarar sobre a plataforma que seu irmão menor era o salvador do mundo e foi apedrejado.

Que dizer da conversa de Inácio com o imperador Trajano, que lhe disse: *Quem és tu, espírito impuro?* E da bem-aventurada Sinforosa, que foi denunciada ao imperador Adriano por seus deuses lares? E de Policarpo, que as chamas de uma fogueira não ousaram tocar, mas que não pôde resistir ao gume do gládio? E do calçado da mártir santa Epipódia, que curou um cavalheiro da febre?

E de são Cassiano, mestre-escola, que foi surrado por seus alunos? E de santa Potamiana, que, por não ter querido deitar com o governador de Alexandria, foi mergulhada por três horas inteiras numa caldeira de betume fervendo e saiu dali com a mais branca e fina pele?

E de Piônio, que permaneceu são e salvo no meio das chamas e que morreu não sei como?

E do comediante Genésio, que se tornou cristão representando uma farsa[179] diante do imperador Diocleciano, e

---

179. Ele contrafazia o doente, dizem os *Atos sinceros*. "Estou bem pesado, dizia Genésio. – Quereis que te mandemos desbastar? – Não, quero que me dêem a extrema-unção dos cristãos." Imediatamente dois atores ungiram-no, e ele se converteu na hora. Notai que, no tempo de Diocleciano, a extrema-unção era absolutamente desconhecida na Igreja latina. (*Nota de Voltaire*, 1771.)

que foi condenado por esse imperador na época em que ele mais favorecia os cristãos? E de uma legião tebana, enviada do Oriente para o Ocidente para ir reprimir a sedição dos bagaudos, que já fora reprimida, e que foi martirizada em sua totalidade numa época em que não se martirizava ninguém e num lugar onde não é possível pôr quatrocentos homens lutando; e que, finalmente, foi transmitida ao público por escrito, duzentos anos após essa bela aventura?

Provocaria um tédio insuportável enumerar todos esses supostos martírios. Contudo, não posso deixar de lançar mais uma vista d'olhos sobre alguns dos mártires mais famosos.

Nilus, testemunha ocular na verdade, mas ignorado (o que é uma lástima), garante que seu amigo são Teódoto, taberneiro de profissão, fazia todos os milagres que quisesse. Cabia a ele converter água em vinho; mas gostava mais de curar os doentes tocando-os com a ponta dos dedos. O taverneiro Teódoto[180] encontrou um cura da cidade de Ancira numa campina; consideraram a campina plenamente apropriada para erguer uma capela numa época de perseguição: "Gostaria muito de fazê-lo, disse o padre, mas preciso de relíquias. – Isso não será impedimento, disse o santo, logo as tereis; e aqui está meu anel que vos dou em garantia." Estava muito certo do que dizia, como vereis a seguir.

Logo depois, sete virgens cristãs de Ancira, de setenta anos cada uma, foram condenadas a *ser entregues às brutais paixões dos jovens da cidade*. Na *Legenda* não falta a observação de que essas senhoritas tinham a pele toda enrugada; e o mais espantoso é que aqueles jovens não lhes fizeram quaisquer investidas, com exceção de um que, tendo na sua pessoa motivos *para desconsiderar aquele aspecto*, quis meter-se na aventura mas logo se cansou. O gover-

---

180. Ver tomo XX, p. 42.

nador, extremamente irritado com o fato de que as sete velhas não tivessem sofrido o suplício que ele lhes destinava, tornou-as sacerdotisas de Diana: o que as virgens cristãs aceitaram sem dificuldade. Foram nomeadas para ir lavar a estátua de Diana no lago vizinho; estavam totalmente nuas, pois por certo era costume que a casta Diana fosse servida tão-somente por moças nuas, embora sempre fosse preciso se aproximar dela com um grande véu. Dois coros de mênades e de bacantes, munidas de tirsos, precediam o carro, conforme a observação judiciosa do autor, que aqui confunde Diana com Baco; no entanto, como ele foi testemunha ocular, não há o que dizer.

São Teódoto tremia ante a possibilidade de que as sete virgens sucumbissem a alguma tentação: estava orando quando sua mulher veio lhe contar que tinham acabado de jogar as sete velhas no lago; agradeceu a Deus por ter-lhes salvado assim a pudicícia. O governador mandou manter guarda rigorosa em torno do lago para impedir os cristãos, que tinham o costume de andar sobre as águas, de vir retirar os corpos. O santo taberneiro estava desesperado: ia de igreja em igreja, pois estava cheio de belas igrejas por toda parte durante aquelas pavorosas perseguições; mas os pagãos, astutos, tinham fechado todas as portas. O taberneiro decidiu então dormir: uma das velhas apareceu-lhe no seu primeiro sono; era, ainda que isso vos desagrade, santa Tecusa, que lhe disse nas suas próprias palavras: "Meu caro Teódoto, podeis tolerar que nossos corpos sejam comidos por peixes?"

Teódoto desperta e resolve resgatar as santas do fundo do lago pondo em risco sua própria vida. Tanto faz que, ao fim de três dias, tendo dado aos peixes o tempo de comê-las, corre ao lago numa noite escura com dois bravos cristãos.

Um cavaleiro celeste põe-se à frente deles, precedido de um grande facho para impedir os guardas de descobri-los: o cavaleiro pega sua lança, investe contra os guardas pondo-os em fuga; como todos sabem, era são Soziandre, velho amigo de Teódoto, que fora martirizado fazia pouco tempo. Isso não é tudo; um violento trovão com raios e relâmpagos e acompanhado de uma chuva torrencial secara o lago. As sete velhas são resgatadas e adequadamente enterradas.

Como podeis prever, o atentado de Teódoto foi logo descoberto; o cavaleiro celeste não pôde impedir que ele fosse chicoteado e submetido a suplício. Quando Teódoto já estava bem maltratado, gritou aos cristãos e aos idólatras: "Vede, meus amigos, de que graças Nosso Senhor Jesus cumula seus servos! Faz com que sejam chicoteados até não terem mais pele e lhes dá forças para suportar tudo isso"; por fim, foi enforcado.

Então, seu amigo Frontão, o cura, fez ver claramente que o santo era taberneiro, pois, tendo recebido precedentemente algumas garrafas de excelente vinho, embebedou os guardas e levou o enforcado, o qual lhe disse: "Senhor cura, eu vos prometera relíquias, cumpri minha palavra."

Essa admirável história é uma das mais comprovadas. Quem poderia duvidar depois do testemunho do jesuíta Bollandus e do beneditino Ruinart?

Esses contos-da-carochinha me desagradam; não falarei mais deles. Reconheço que de fato alguns cristãos foram supliciados em diversas épocas, como sediciosos que tiveram a insolência de ser intolerantes e de insultar o governo. Receberam a coroa do martírio e fizeram por merecê-la. O que lamento são pobres mulheres imbecis, seduzidas por esses não-conformistas. Eram culpados de abusar da credulidade dessas débeis criaturas e de fazer delas energúmenas; mas os juízes que fizeram morrer algumas delas eram bárbaros.

Graças a Deus, houve poucas dessas execuções. Longe de os gentios exercerem sobre essas energúmenas as crueldades que há tanto tempo exercitamos uns contra os outros. Parece que foram sobretudo os papistas que forjaram tantos mártires imaginários nos primeiros séculos para justificar os massacres com que sua Igreja se maculou.

Uma prova bem forte de que jamais houve grandes perseguições contra os primeiros cristãos é que Alexandria, que era o centro, a sede da seita, sempre teve, publicamente, uma escola de cristianismo aberta, como o Liceu, o Pórtico e a Academia de Atenas. Houve ali uma série de professores cristãos. Panteno sucedeu publicamente a Marcos, confundido indevidamente com Marcos, o apóstolo. Depois de Panteno veio Clemente de Alexandria, cuja cátedra foi em seguida ocupada por Orígenes, que deixou uma multidão de discípulos. Enquanto se limitaram a discutir, foram pacíficos; mas quando se insurgiram contra as leis e a política pública foram punidos. Foram reprimidos sobretudo no tempo do império de Décio; o próprio Orígenes foi posto na prisão. Cipriano, bispo de Cartago, não dissimula que os cristãos atraíram essa perseguição. "Cada um deles, disse ele em seu livro *Os caídos*, corre atrás dos bens e das honras com um furor insaciável. Os bispos não têm religião, as mulheres não têm pudor; reina o embuste; jura-se, perjura-se; as animosidades dividem os cristãos; os bispos abandonam os púlpitos para correr para as feiras e enriquecer com o comércio; em suma, agradamos apenas a nós mesmos e desagradamos todo o mundo."

Não espanta que esses cristãos tivessem querelas violentas com os partidários da religião do império, que o interesse entrasse nessas querelas, que elas causassem amiúde violentos distúrbios e que, enfim, atraíssem uma perseguição. O famoso jurisconsulto Ulpiano vira a seita como uma facção muito perigosa que, um dia, poderia contribuir para a ruína do Estado; no que ele não se enganou.

CAPÍTULO XXVII

Milagres

Depois das maravilhas orientais do Antigo Testamento; depois que, no Novo, Deus, levado para uma montanha pelo diabo[181], desceu dela para converter bilhas de água em bilhas de vinho[182]; que secou uma figueira[183] porque essa figueira não tinha figos no fim do inverno; que mandou diabos[184] para o corpo de dois mil porcos; depois, digo, de todas essas belas coisas terem sido vistas, não espanta que tenham sido imitadas.

Pedro Simão Barjonas fez muito bem em ressuscitar a costureira Dorcade: é o mínimo que se pode fazer por uma moça que consertava *gratis* as túnicas dos fiéis. Mas não desculpo Simão Pedro Barjonas por ter feito morrer de morte súbita Ananias e sua mulher Safira[185], duas criaturas de bem, que supostamente foram tolas o suficiente para dar todos os seus bens aos apóstolos. O crime deles foi o de ter conservado consigo do que prover suas necessidades prementes.

Ó Pedro! Ó apóstolos desinteressados! Quê?! Já estais a persuadir vossos discípulos a vos dar suas posses! Com que

---

181. Mt 4, 8; Lc 4, 9.
182. Jo 2, 9.
183. Mt 21, 19; Mc 11, 13.
184. Mt 8, 32; Mc 5, 13; Jo 2, 9.
185. At 5.

direito arrebatais assim toda a fortuna de uma família? Eis, portanto, o primeiro exemplo da rapina de vossa seita e da mais punível das rapinas? Vinde a Londres aplicar as mesmas estratégias e vereis se os herdeiros de Safira e de Ananias não vos farão devolver à força o que roubastes e se o grande júri vos deixará impunes. – Mas eles deram seu dinheiro de bom grado! – Mas vós os seduzistes para despojá-los com seu consentimento. – Eles conservaram algo para eles! – Rapinantes covardes, ousais transformar em crime o fato de terem guardado o pouco necessário para não morrer de fome! Eles mentiram, dizeis. Eram acaso obrigados a vos contar seu segredo? Se um escroque vem e me diz: Tendes dinheiro? Farei bem em responder: Não tenho nenhum. Eis, numa palavra, o mais abominável milagre que se possa encontrar na legenda dos milagres. Nenhum de todos os que foram feitos posteriormente chega perto deste; e, se fosse uma coisa verdadeira, seria a mais execrável das coisas verdadeiras.

É agradável ter o dom das línguas; seria mais agradável ter bom senso. Os Padres da Igreja tinham ao menos o dom da língua, já que falavam muito; dentre eles, porém, apenas Orígenes e Jerônimo sabiam hebraico. Agostinho, Ambrósio, João Crisóstomo não conheciam uma só palavra dessa língua.

Já vimos os belos milagres dos mártires, que sempre deixam que lhes cortem a cabeça como último prodígio. Orígenes, na verdade, no seu primeiro livro contra Celso, disse que os cristãos têm visões, mas não ousou afirmar que ressuscitam mortos.

O cristianismo sempre operou grandes feitos nos primeiros séculos. São João, por exemplo, enterrado em Éfeso, remexia-se continuamente na sua cova; esse milagre útil durou até os tempos do bispo de Hipona, Agostinho[186]. As

....

186. Agostinho, tomo III, p. 189. (*Nota de Voltaire.*)

predições, os exorcismos não faltavam nunca; até Luciano dá testemunho disso. Eis como rende glória à verdade no capítulo da morte do cristão Peregrino, que teve a vaidade de se queimar: "Quando um hábil jogador de dados torna-se cristão, tem certeza de fazer fortuna a expensas dos tolos fanáticos com que lida."

Os cristãos faziam todos os dias milagres de que nenhum romano jamais ouviu falar. Os de Gregório, o taumaturgo, ou o maravilhoso, são com efeito dignos dessa alcunha. Primeiramente, um belo ancião desce do céu para lhe ditar o catecismo que deve ensinar. No caminho, escreve uma carta ao diabo; a carta chega a seu destino, e o diabo não deixa de fazer o que Gregório lhe ordena.

Dois irmãos brigam por um lago; Gregório seca o lago e o faz desaparecer para apaziguar a pendenga. Encontra um carvoeiro[187] e o faz bispo. Aparentemente, é desde então que a fé do carvoeiro se tornou proverbial. Mas esse milagre não é grande; conheci alguns bispos[188] em minhas viagens que não sabiam mais que o carvoeiro de Gregório. Um milagre mais raro aconteceu um dia em que os gentios corriam atrás de Gregório e de seu diácono para maltratá-los; e eis que ambos se transformam em árvores. Esse taumaturgo era um verdadeiro Proteu. Mas que nome devemos dar àqueles que escreveram essas inépcias? E como pode ser que Fleury as tenha copiado na sua *História eclesiástica*? Será possível que um homem com algum senso e que raciocina de modo tolerável sobre outros assuntos tenha seriamente relatado que Deus enlouqueceu uma velha

....

187. Alexandre, bispo do Comana.
188. Voltaire refere-se aqui a Biord, neto de um pedreiro e bispo de Annecy, mas que não tinha a argamassa, diz Voltaire na sua carta a D'Alembert, de 21 de maio de 1769. (B.) – Ver também tomo XIX, 82; XX, 195, 313; e, abaixo, a *Lettre à l'évêque d'Annecy*.

para impedir que são Félix de Nole fosse descoberto durante a perseguição?[189]

Responder-me-ão que Fleury limitou-se a transcrever, e eu responderei que não se deveriam transcrever tolices ofensivas à Divindade; que ele foi culpado se as copiou sem nelas crer e que foi um imbecil se nelas acreditou.

---

189. Ver, sobre todos esses milagres, os livros sexto e sétimo de Fleury. Ver sobretudo o *Recueil des miracles opérés à Saint-Médard, à Paris*, ofertado ao rei de França Luís XV por um tal de Carré de Montgeron, conselheiro no parlamento de Paris. Os convulsionários tinham feito ou visto mais de mil milagres; Fatio e Doudé não pretenderam ressuscitar um morto entre nós em 1707? A corte de Roma não canoniza ainda hoje, por dinheiro, santos que fizeram milagres de que ela zomba? E quantos milagres faziam nossos monges antes de, no tempo de Henrique VIII, serem expostos em praça pública todos os instrumentos de suas abomináveis imposturas? (*Nota de Voltaire.*) – A primeira frase desta nota é de 1767; todo o resto, de 1771.

CAPÍTULO XXVIII

Os cristãos de Diocleciano a Constantino

Os cristãos foram com muito mais freqüência tolerados e até protegidos do que sujeitos a perseguições. O reinado de Diocleciano foi, durante dezoito anos inteiros, um reino de paz e de notáveis favores para eles. Os dois principais oficiantes do palácio, Gorgônio e Doroteu, eram cristãos. Não se exigia mais que fizessem sacrifícios aos deuses do império para ingressar nos cargos públicos. Finalmente, Prisca, mulher de Diocleciano, era cristã; por isso gozavam eles das maiores vantagens. Construíam templos soberbos, depois de terem todos dito, nos primeiros séculos, que não eram precisos nem templos nem altares a Deus; e, passando da simplicidade de uma Igreja pobre e escondida para a magnificência de uma Igreja opulenta e cheia de ostentação, exibiam vasos de ouro e ornamentos deslumbrantes; alguns de seus templos elevavam-se sobre as ruínas de antigos perípteros pagãos abandonados. O templo deles em Nicomédia dominava o palácio imperial; e, como observa Eusébio, tanta prosperidade produzira a insolência, a usura, a fraqueza e a depravação dos costumes. Via-se tão-somente, diz Eusébio, inveja, maledicência, discórdia e sedição.

Foi esse espírito de sedição que esgotou a paciência do césar Galério Maximiano. Os cristãos irritaram-no precisamente na época em que Diocleciano acabara de publicar éditos fulminantes contra os maniqueus. Um dos éditos desse imperador começa assim: "Ficamos sabendo recentemente que maniqueus, oriundos da Pérsia, nossa antiga inimiga, estão inundando nosso mundo."

Esses maniqueus ainda não tinham causado nenhum distúrbio: eram numerosos em Alexandria e na África; mas disputavam somente contra os cristãos, e jamais houve o menor indício de uma querela entre a religião dos antigos romanos e a seita de Mani. As diferentes seitas dos cristãos, ao contrário, gnósticos, marcionitas, valentinianos, ebionitas, galileus, opostas umas às outras e todas inimigas da religião dominante, espalhavam a confusão no império.

Não é bastante provável que os cristãos tivessem suficiente crédito no palácio para conseguir um édito do imperador contra o maniqueísmo? Essa seita, que era uma mistura da antiga religião dos magos com o cristianismo, era muito perigosa, sobretudo no Oriente, para a Igreja nascente. A idéia de reunir o que o Oriente tinha de mais sagrado com a seita dos cristãos já causava forte impressão.

A teologia obscura e sublime dos magos misturada com a teologia não menos obscura dos cristãos platônicos era bem apropriada para seduzir espíritos românticos que se satisfaziam com palavras. Por fim, visto que passado um século o famoso pastor de Hipona, Agostinho, foi maniqueu, é certo que essa seita tinha encantos para as imaginações ardentes. Mani fora crucificado na Pérsia, a crer no que diz Chondemir; e os cristãos, apaixonados por seu crucificado, não queriam um segundo.

Sei que não dispomos de nenhuma prova de que os cristãos conseguiram o édito contra o maniqueísmo; mas o fato é que existiu um édito sangrento contra eles e não houve nenhum contra os cristãos. Qual foi, então, a causa da desgraça posterior dos cristãos, nos últimos dois anos do reinado de um imperador bastante filósofo para abdicar do império, para viver na solidão e para jamais se arrepender?

Os cristãos estavam vinculados a Constâncio, o Pálido, pai do célebre Constantino, que ele teve com uma empregada de sua casa chamada Helena[190].

Constâncio sempre os protegeu abertamente. Não se sabe se o césar Galério tinha ciúmes da preferência que os cristãos demonstravam por Constâncio, o Pálido, em detrimento dele, ou se tinha outros motivos para se queixar deles; o fato é que não gostou nada que eles construíssem uma igreja que ofuscava seu palácio. Por muito tempo solicitou a Diocleciano que mandasse pôr abaixo aquela igreja e proibisse o exercício da religião cristã. Diocleciano resistiu; terminou reunindo um conselho composto dos principais oficiantes do império. Lembro-me de ter lido na *História eclesiástica* de Fleury que "esse imperador tinha a malícia de não consultar quando queria fazer o bem e consultar quando se tratava de fazer o mal". Confesso que o que Fleury chama de malícia parece-me ser o maior elogio que pode ser feito a um soberano. Há algo mais belo que fazer o bem por si mesmo? Nesse caso, um grande coração não consulta ninguém; mas, nos atos de rigor, o homem justo e sábio não faz nada sem conselho.

A igreja de Nicomédia foi finalmente demolida em 303; mas Diocleciano se contentou em decretar que os cristãos não seriam mais elevados às dignidades do império; isso implicava retirar-lhes as graças, mas não persegui-los. Acon-

---

190. Essa Helena, de quem fizeram uma santa, era *stabularia*, empregada da estrebaria de Constâncio Cloro, como reconhecem Eusébio, Ambrósio, Nicéforo e Jerônimo. A *Crônica de Alexandria* chama Constantino de bastardo; Zósimo o confirma; e certamente não teriam feito tamanha afronta à família de um imperador tão poderoso se houvesse qualquer dúvida sobre seu nascimento. (*Nota de Voltaire*, 1767.)

tece que um cristão teve a insolência de arrancar publicamente o édito do imperador, rasgá-lo e pisoteá-lo. Esse crime foi punido, como merecia ser, com a morte do culpado. Então Prisca, mulher do imperador, não ousou mais proteger sediciosos; até abandonou a religião cristã quando viu que conduzia tão-só ao fanatismo e à revolta. Galério teve então plena liberdade para exercer sua vingança.

Naqueles tempos havia muitos cristãos na Armênia e na Síria. Ocorreram sublevações, e os próprios cristãos foram acusados de atear fogo ao palácio de Galério. Era bastante natural crer que pessoas que tinham rasgado publicamente os éditos e que tinham queimado templos como tantas vezes fizeram também tivessem queimado o palácio; entretanto, é muito falso que tenha havido uma perseguição generalizada contra eles. Os refratários devem ter sido punidos legalmente, já que Diocleciano ordenou que os supliciados fossem enterrados, o que não teria feito se tivesse havido perseguição sem julgamento. Não se encontra nenhum édito que condene à morte unicamente por se fazer profissão do cristianismo. Tal coisa teria sido tão insensata e horrível quanto a Noite de São Bartolomeu, quanto os massacres da Irlanda e a cruzada contra os albigenses, pois, na época, um quinto ou um sexto do império era cristão. Tal perseguição teria forçado essa sexta parte do império a recorrer às armas, e o desespero que a teria armado tê-la-ia tornado terrível.

Declamadores como Eusébio de Cesaréia e os que a ele se seguiram costumam dizer que houve uma quantidade incrível de cristãos imolados. Como pode ser, contudo, que o historiador Zósimo não diga nenhuma palavra a esse respeito? Por que Zonaras, cristão, não nomeia nenhum desses famosos mártires? Como pode ser que o exagero eclesiástico não tenha conservado os nomes de cinqüenta cristãos condenados à morte?

Se esses supostos massacres que a *Legenda* atribui vagamente a Diocleciano fossem examinados com olhos críticos, haveria que dar um desconto prodigioso ou, melhor, passar-se-ia a ter o mais profundo desprezo por essas imposturas e se deixaria de ver Diocleciano como um perseguidor.

É, com efeito, no tempo daquele príncipe que situam a ridícula aventura do taverneiro Teódoto, a suposta legião tebana imolada, o pequeno Romano que nasceu gago e fala com uma loquacidade incrível nem bem o médico do imperador, tendo se tornado carrasco, lhe corta a língua, e uma dúzia de outras aventuras semelhantes que as velhas caducas da Cornualha se envergonhariam de contar a seus netos nos dias de hoje[191].

....
191. Será motivo de espanto se, no século IV de nosso ridículo cômputo, alguns cristãos foram punidos pelos crimes e pelas abominações que lhes atribuíam? Não vimos que certos bispos os acusavam das coisas mais monstruosas? [Ver página 80.] O sábio Hume chamou nossa atenção para a mais horrível das abominações, que milorde Bolingbroke esquecera e que é relatada por santo Epifânio. Vós a encontrareis na edição de Paris, 1561, p. 185. Trata-se de uma sociedade de cristãos que imolam uma criança pagã para o menino Jesus, fazendo-a perecer a golpes de agulha. Confesso que não me surpreende tal refinamento de horror, depois dos inacreditáveis excessos a que se entregaram os papistas contra os protestantes nos massacres da Irlanda. A superstição é capaz de tudo. (*Nota de Decroix.*)

CAPÍTULO XXIX

Constantino

Qual o homem que, tendo recebido uma educação tolerável, pode ignorar quem foi Constantino? Faz-se reconhecer imperador no interior da Inglaterra por um pequeno exército de estrangeiros: tinha ele mais direito ao império que Maxêncio, eleito pelo senado ou pelos exércitos romanos?

Pouco tempo depois, dirige-se à Gália e reúne soldados cristãos fiéis a seu pai; cruza os Alpes, engrossando cada vez mais seu exército; ataca seu rival, que cai no Tibre no meio da batalha. Não faltou quem dissesse que houve milagre na sua vitória e que foram vistos nas nuvens um estandarte e uma cruz celeste em que todos podiam ler em letras gregas: *Com este sinal vencerás*. Pois os gauleses, os bretões, os alóbrogos, os ínsubres que ele arrastava atrás de si entendiam todos perfeitamente o grego, e Deus preferia lhes falar em grego que em latim.

Contudo, apesar desse belo milagre que ele mesmo mandou divulgar, não se tornou cristão ainda; contentouse, como bom político, em dar liberdade de consciência a todo mundo e fez uma profissão tão aberta do paganismo que ganhou o título de grande pontífice: assim fica demonstrado que ele administrava as duas religiões, o que demonstra que ele foi muito prudente nos primeiros anos de sua tirania. Sirvo-me aqui da palavra "tirania" sem nenhum escrúpulo, pois não me acostumei a reconhecer por soberano um homem que não tem outros direitos senão a força; e sinto-me humano demais para não chamar de tirano um bárbaro que mandou assassinar seu sogro Maximiano Hercúlio, em Marselha, com o mais infame pretexto e o imperador Licínio, seu cunhado, na Tessalônica, por meio da mais covarde perfídia.

Chamo tirano sem dúvida aquele que manda matar o próprio filho, Crispus, sufocar a própria mulher, Fausta, e que, conspurcado com assassinatos e parricídios, exibindo o mais revoltante fausto, entregava-se a todos os prazeres na mais infame languidez.

Ainda que aduladores eclesiásticos covardes lhe prodigalizem elogios mesmo reconhecendo seus crimes, que vejam nele, se assim quiserem, um grande homem, um santo, porque mergulhou três vezes numa bacia d'água, um homem de minha nação e de meu caráter e que serviu a uma soberana virtuosa, jamais se aviltará ao ponto de pronunciar o nome de Constantino sem horror.

Zósimo relata, e isso é muito verossímil, que Constantino, tão fraco quanto cruel, mesclando superstição e crimes como tantos outros príncipes, acreditou encontrar no cristianismo a expiação de seus delitos. Pode ser que os bispos interessados tenham-no feito crer que o Deus dos cristãos perdoava-lhe tudo e lhe seria infinitamente grato por terlhes dado dinheiro e honrarias; quanto a mim, jamais encontrei um Deus que tenha recebido em graça um coração tão falso e tão desumano; é privilégio apenas de padres canonizar o assassino de Urias entre os judeus e o assassino da própria mulher e do filho entre os cristãos.

O caráter de Constantino, seu fausto e suas crueldades estão bastante bem expressos nestes dois versos que um de seus infelizes cortesãos, chamado Ablavius, afixou na porta do palácio:

Saturni aurea secla quis requirat?
Sunt haec gemmea, sed Neroniana.[192]

Quem pode sentir falta do século de ouro de Saturno?
Este é de pedrarias, mas é de Nero.

Mas que teria dito esse Ablavius do zelo caridoso dos cristãos, que, tão logo foram postos por Constantino em plena liberdade, assassinaram Candidiano, filho do imperador Galério, um filho do imperador Maximiano, de oito anos, sua filha, de sete, e afogaram a mãe deles no Oronte? Perseguiram por muito tempo a velha imperadora Valéria, viúva de Galério, que fugia de sua vingança. Alcançaram-na em Tessalônica, massacraram-na e jogaram seu corpo no mar. Assim mostravam sua doçura evangélica; e queixam-se de ter tido mártires!

....
192. Esses dois versos, conservados por Sidônio Apolinário (livro V, epístola VIII), são tudo o que existe de Ablavius.

CAPÍTULO XXX

As querelas cristãs antes de Constantino e durante seu reinado

Antes, durante e depois de Constantino, a seita cristã sempre se dividiu em várias seitas, em várias facções e em vários cismas. Era impossível que pessoas que não tinham nenhum sistema regular, que não tinham nem mesmo aquele pequeno *Credo*[193] tão falsamente imputado posteriormente aos apóstolos, que diferiam entre si de nação, de língua e de costumes, se reunissem na mesma crença.

Saturnino, Basílides, Carpócrates, Eufrates, Valentim, Cerdão, Marcião, Hermógenes, Hermas, Justino, Tertuliano, Orígenes tiveram todos opiniões contrárias; e, quando os magistrados romanos tentavam às vezes reprimir os cristãos, via-se todos eles, encarniçados uns contra os outros, se excomungarem, se anatematizarem reciprocamente e se combaterem do fundo de suas celas: aquele era efetivamente o mais evidente e o mais deplorável efeito do fanatismo.

....

193. Esse *Credo*, esse símbolo chamado *Símbolo dos Apóstolos*, é dos apóstolos tanto quanto é do bispo de Londres. Foi composto no século V pelo padre Rufino. Toda a religião cristã é uma colcha de retalhos: é ali que está dito que Jesus, após sua morte, desceu aos infernos. Tivemos uma grande disputa, nos tempos de Eduardo VI, para saber se ele desceu em corpo ou em alma; decidimos que apenas a alma de Jesus fora pregar no inferno, enquanto seu corpo estava em seu sepulcro: como se tivessem de fato posto no sepulcro o corpo de um supliciado, como se o costume não fosse o de jogar esses corpos na vala comum. Gostaria muito de saber o que sua alma terá ido fazer no inferno. Éramos bem tolos nos tempos de Eduardo VI. (*Nota de Voltaire*, 1771.)

O furor de dominação abriu uma outra fonte de discórdia: brigavam pelas chamadas dignidades de bispo com a mesma violência e as mesmas fraudes que depois marcaram os cismas de quarenta antipapas. Eram tão ciosos de governar uma pequena populaça obscura quanto os Urbano, os João o foram de dar ordens a reis.

Novácio disputou a primazia cristã em Cartago com Cipriano, que foi eleito. Novaciano disputou o bispado de Roma com Cornélio; cada um deles recebeu a imposição das mãos dos bispos de seu partido. Já ousavam conturbar Roma, e os compiladores teológicos ousam espantar-se hoje com o fato de Décio ter mandado punir alguns desses perturbadores! Contudo, Décio, no tempo de quem Cipriano foi supliciado, não puniu nem Novaciano nem Cornélio; deixaram esses rivais obscuros declararem guerra um ao outro da mesma forma como se deixa cães brigarem num pátio, contanto que não mordam os donos.

Nos tempos de Constantino houve um cisma parecido em Cartago; dois antipapas africanos, ou antibispos, Ceciliano e Majorino, disputaram a cadeira, que começava a se tornar um objeto ambicionado. Havia mulheres em cada partido. Donato sucedeu a Majorino e formou o primeiro dos cismas sangrentos que macularia o cristianismo. Eusébio relata que lutavam com clavas porque Jesus, dizem, ordenara a Pedro recolocar sua espada[194] na bainha. Na seqüência, foram menos escrupulosos; os donatistas e os ciprianistas lutaram com armas de ferro. Criava-se ao mesmo tempo o palco de trezentos anos de carnificina devido à querela de Alexandre e Ário, de Atanásio e Eusébio, para saber se Jesus era precisamente da mesma substância que Deus ou de uma substância semelhante a Deus.

---

194. Jo 18, 11.

CAPÍTULO XXXI

Arianismo e atanasianismo

Que um judeu chamado Jesus fosse semelhante a Deus ou consubstancial a Deus era igualmente absurdo e ímpio.

Que haja três pessoas numa substância é igualmente absurdo.

Que haja três deuses num deus é igualmente absurdo.

Nada de tudo isso constituía um sistema cristão, já que nada de toda essa doutrina está em nenhum *Evangelho*, único fundamento reconhecido do cristianismo. Foi quando quiseram platonizar que se perderam nessas idéias quiméricas. Quanto mais o cristianismo se espalhou, mais seus doutores se empenharam em torná-lo incompreensível. As sutilezas salvaram o que a essência tinha de baixo e grosseiro.

Para que servem, porém, todas essas imaginações metafísicas? Que importa para a sociedade humana, para os costumes, para os deveres, que haja em Deus uma pessoa ou três ou quatro mil? Alguém se tornará mais homem de bem por pronunciar palavras que não se entende? A religião, que é a submissão à Providência e o amor da virtude, precisa, pois, tornar-se ridícula para ser abraçada?

Já fazia muito tempo que se discutia sobre a natureza do *Logos*, do verbo desconhecido, quando Alexandre, papa de Alexandria, levantou contra si a opinião de vários papas ao pregar que a Trindade era uma mônada. Ademais, nessa época o nome de papa era dado indistintamente aos bispos e aos padres. Alexandre era bispo; o sacerdote Ário pôs-se à frente dos descontentes: formaram-se dois partidos violentos; e a disputa logo mudou de objeto, como costuma acontecer. Ário afirmava que Jesus fora criado e Alexandre, que fora gerado.

Essa disputa vazia parecia-se bastante com aquela que dividiu Constantinopla para saber se a luz que os monges viam no seu umbigo era a do Tabor e se a luz do Tabor e de seu umbigo era criada ou eterna.

As três hipóstases foram abandonadas pelos disputadores. O Pai e o Filho ocuparam as mentes, e o Espírito Santo foi deixado de lado.

Alexandre fez seu partido excomungar Ário. Eusébio, bispo de Nicomédia, protetor de Ário, reuniu um pequeno concílio em que foi declarada errônea a doutrina que hoje é a ortodoxa; a querela tornou-se violenta; o bispo Alexandre e o diácono Atanásio, que já se distinguia por sua inflexibilidade e por suas intrigas, agitaram todo o Egito. O imperador Constantino era despótico e duro; mas tinha bom senso: percebeu todo o ridículo da disputa.

É bem conhecida a famosa carta que ele mandou Ósio levar aos chefes das duas facções. "Essas questões", diz ele, "vêm apenas de vossa ociosidade curiosa; estais divididos por um assunto bem medíocre. Essa conduta é baixa e pueril, indigna de homens sensatos." A carta exortava-os à paz; mas ele ainda não conhecia os teólogos.

O velho Ósio aconselhou o imperador a reunir um concílio numeroso. Constantino, que gostava do brilho e do fausto, convocou a assembléia em Nicéia. Compareceu triunfante com a veste imperial, a coroa na cabeça e coberto de pedrarias. Ósio presidiu o concílio por ser o bispo mais antigo. Os escritores da seita papista afirmaram depois que Ósio apenas presidira em nome do papa de Roma, Silvestre. Essa insigne mentira, que merece ser equiparada à doação de Constantino, é suficientemente desmascarada pelos nomes dos deputados de Silvestre, Tito e Vicente, seus mandatários. Os papas romanos eram na verdade vistos como os bispos da cidade imperial e como os metropolitanos das dioceses da província de Roma; mas estavam longe de ter alguma autoridade sobre os bispos do Oriente e da África.

O concílio, com maior pluralidade de vozes, redigiu um formulário no qual o nome da Trindade não é nem sequer pronunciado. "Cremos em um só Deus e em um só Senhor, Jesus Cristo, filho único de Deus, gerado pelo Pai e não feito consubstancial ao Pai." Depois dessas palavras inexplicáveis, põem de quebra "Cremos também no Espírito Santo", sem dizer o que é esse Espírito Santo, se é gerado, se é feito, se é criado, se procede, se é consubstancial. Acrescentam, em seguida: "Anátema contra aqueles que dizem que houve um tempo em que o Filho não era."

Mas o mais divertido no concílio de Nicéia foi a decisão sobre alguns livros canônicos. Os Padres estavam muito embaraçados com a escolha dos *Evangelhos* e dos outros escritos. Decidiu-se amontoar todos eles sobre um altar e rogar ao Espírito Santo que jogasse no chão todos aqueles que não fossem legítimos. O Espírito Santo não deixou de atender imediatamente o pedido dos Padres[195]. Uma centena de volumes caíram sozinhos do altar; esse é um meio infalível de conhecer a verdade e está relatado no *Apêndice* dos atos desse concílio: é um dos fatos da história eclesiástica mais bem verificados.

Nosso estudioso e sábio Middleton descobriu uma crônica de Alexandria, escrita por dois patriarcas do Egito, na

....
195. Isso está relatado no *Apêndice dos Atos do concílio*, peça que sempre foi tida por autêntica. (*Nota de Voltaire*, 1771.)

qual se diz que não só dezessete bispos, mas também dois mil padres protestaram contra a decisão do concílio.

Os bispos vencedores conseguiram que Constantino exilasse Ário e três ou quatro bispos vencidos; mas, em seguida, tendo Atanásio sido eleito bispo de Alexandria e tendo abusado demais do crédito de seu posto, os bispos e Ário exilados foram chamados de volta e Atanásio exilado por sua vez. Das duas, uma, ou os dois partidos estavam igualmente errados, ou Constantino era muito injusto. O fato é que os disputadores daquele tempo eram tão cabalistas como os de agora e que os príncipes do século IV pareciam-se com os do nosso, que não entendem nada do assunto, nem eles, nem seus ministros, e que exilam a torto e a direito. Felizmente tiramos de nossos reis o poder de exilar; e, se não conseguimos curar nossos padres da ânsia de cabalar, tornamos ao menos essa ânsia inútil.

Houve um concílio em Tiro, onde Ário foi reabilitado e Atanásio condenado. Eusébio de Nicomédia ia fazer entrar pomposamente seu amigo Ário na Igreja de Constantinopla; mas um santo católico, chamado Macário, rogou a Deus com tanto fervor e lágrimas que fizesse Ário morrer de apoplexia que Deus, que é bom, o atendeu. Dizem que todas as tripas de Ário saíram pelo traseiro; isso é difícil: aquelas pessoas não eram anatomistas. Mas, como são Macário se esqueceu de pedir a paz da Igreja cristã, Deus jamais a deu. Constantino, pouco tempo depois, morreu nos braços de um padre ariano; aparentemente, são Macário também esquecera de rogar a Deus pela salvação de Constantino.

CAPÍTULO XXXII

Os filhos de Constantino e Juliano, o filósofo, apelidado o Apóstata pelos cristãos[196]

Os filhos de Constantino foram tão cristãos, tão ambiciosos e tão cruéis quanto o pai; eram três a partilhar o império, Constantino II, Constâncio e Constante. O imperador Constantino I deixara um irmão, chamado Júlio, e dois sobrinhos, a quem dera algumas terras. Começaram matando o pai, para aumentar a parte dos novos imperadores. Primeiro o crime os uniu e logo os desuniu. Constante mandou assassinar Constantino, seu irmão mais velho, e em seguida ele mesmo foi morto.

Constâncio, agora único senhor do império, exterminara quase todo o resto da família imperial. Aquele Júlio, que ele mandara matar, deixara dois filhos, um chamado Galo e o outro, o célebre Juliano. Mataram Galo e pouparam Juliano, já que, apreciador da vida retirada e do estudo, julgaram que ele jamais seria perigoso.

Se há algo de verídico na história, é verdade que esses dois primeiros imperadores cristãos, Constantino e Constâncio, seu filho, foram monstros de despotismo e crueldade. Talvez, como já insinuamos, no fundo de seu coração,

---

196. Ver tomo XVII, p. 316; XIX, 541; ver *Portrait de Julien*, encabeçando o *Discours de l'empereur Julien*; e os capítulos XX e XXI da *Histoire de l'établissement du christianisme*.

eles não acreditassem em nenhum Deus, e, zombando igualmente das superstições pagãs e do fanatismo cristão, tivessem infelizmente se persuadido de que a Divindade não existe, porque nem Júpiter, o cretense, nem Hércules, o tebano, nem Jesus, o judeu, são deuses.

Também é possível que os tiranos, que quase todos os dias juntam a covardia à barbárie, tenham sido seduzidos e estimulados ao crime pela crença, então aceita por todos os cristãos sem exceção, de que três imersões numa bacia d'água antes da morte apagavam todos os crimes e substituíam todas as virtudes. Essa infeliz crença foi mais funesta para o gênero humano que as mais negras paixões.

Como quer que seja, Constâncio se declarou ortodoxo, isto é, ariano, pois o arianismo prevalecia então em todo o Oriente contra a seita de Atanásio; e os arianos, antes perseguidos, eram naquele tempo perseguidores.

Atanásio foi condenado num concílio de Sardica, num outro realizado na cidade de Arles, num terceiro realizado em Milão: ele percorria todo o império romano, ora seguido por seus partidários, ora exilado, ora anistiado. A turbulência se instalara em todas as cidades devido a esta única palavra: *consubstancial*. Era o pior flagelo jamais conhecido na história do mundo. A antiga religião do império, que ainda subsistia com algum esplendor, tirava de todas essas divisões um grande benefício contra o cristianismo.

No entretempo, Juliano, que tivera o irmão e toda a família assassinados por Constâncio, foi obrigado a abraçar exteriormente o cristianismo, assim como nossa rainha Isabel foi durante certo tempo forçada a dissimular sua religião sob o reinado tirânico de nossa infame Maria, e assim como, na França, Carlos IX forçou o grande Henrique IV a ir à missa depois da Noite de São Bartolomeu. Juliano era estóico, daquela seita ao mesmo tempo filosófica e religiosa que produziu tantos grandes homens e entre os quais jamais houve nenhum que fosse mau, seita mais divina que humana, na qual se vê a severidade dos brâmanes e de alguns monges, mas sem a superstição deles: a seita, enfim, dos Catão, dos Marco-Aurélio e dos Epicteto.

Foi vergonhoso e deplorável que aquele grande homem se visse obrigado a ocultar todos os seus talentos no tempo de Constâncio, tal como o primeiro dos Brutos nos tempos de Tarquínio. Fingiu-se cristão e quase imbecil para salvar a vida. Foi forçado até a abraçar por certo tempo a vida monástica. Finalmente, Constâncio, que não tinha filhos, declarou Juliano césar; mas enviou-o à Gália como a uma espécie de exílio; chegou ali quase sem tropas e sem dinheiro, rodeado de vigias e quase sem autoridade.

Diversos povos da Germânia cruzavam com freqüência o Reno e vinham atacar os gauleses, tal como tinham feito antes de César e como fizeram amiúde depois, até que por fim os invadiram e a única pequena nação dos francos subjugou sem dificuldade todas aquelas províncias.

Juliano formou tropas, disciplinou-as, fez-se amado; conduziu-as até Estrasburgo, cruzou o Reno por uma ponte de barcos e, à frente de um exército muito fraco em número, mas animado com sua coragem, enfrentou uma multidão prodigiosa de bárbaros, fez seu líder prisioneiro, perseguiu-os até a floresta herciniana, obrigou-os a devolver todos os cativos romanos e gauleses, todos os despojos tomados pelos bárbaros e impôs-lhes tributos.

A essa conduta de César somou as virtudes de Tito e de Trajano, fazendo vir de todo lado trigo para alimentar populações em terras devastadas, mandando arrotear aquelas terras, rebatizando as cidades, estimulando o povoamento, as artes e os talentos por meio de privilégios, esquecendo-se de si mesmo e trabalhando dia e noite pela felicidade dos homens.

Constâncio, como recompensa, quis tirar-lhe a Gália, onde ele era por demais amado; pediu-lhe primeiro duas legiões que ele mesmo formara. O exército, indignado, opôs-se: proclamou Juliano imperador à sua revelia. A Terra viu-se então livre de Constâncio, quando ele se preparava para marchar contra os persas.

Juliano, o estóico, tão tolamente chamado de o Apóstata por padres, foi reconhecido unanimemente imperador por todos os povos do Oriente e do Ocidente.

A força da verdade é tamanha que os historiadores cristãos são obrigados a reconhecer que ele viveu no trono da mesma maneira como o fizera na Gália. Nunca desmentiu sua filosofia. Começou por eliminar do palácio de Constantinopla o luxo de Constantino e de Constâncio. Os imperadores, na sua coroação, recebiam pesadas coroas de ouro de todas as cidades; reduziu a quase nada esses presentes onerosos. A frugal simplicidade do filósofo em nada diminuiu a majestade e a justiça do soberano. Todos os abusos e toda a ladroeira da corte foram eliminados; mas houve apenas dois concessionários públicos condenados à morte.

Ele renunciou, é verdade, a seu batismo; mas jamais renunciou à virtude. Acusam-no de superstição: portanto, ao menos por essa acusação reconhecem que tinha religião. Por que não escolheria a do Império Romano? Por que seria culpado de se conformar à de Cipião e César e não à de Gregório de Nazianzo e Teodoreto? O paganismo e o cristianismo dividiam entre si o império. Deu preferência à seita de seus pais, e ele tinha boas razões políticas para isso, já que, sob a antiga religião, Roma triunfara sobre metade da Terra, e, sob a nova, tudo entrava em decadência.

Longe de perseguir os cristãos, quis acabar com suas indignas querelas. Dou como prova apenas sua qüinquagésima segunda carta. "No tempo de meu predecessor, vários cristãos foram expulsos, aprisionados, perseguidos; mataram uma grande quantidade daqueles denominados heréticos em Samosata, na Paflagônia, na Bitínia, na Galácia e em várias outras províncias; pilharam, deixaram cidades em escombros. No meu reinado, ao contrário, os banidos foram anistiados; os bens confiscados, devolvidos. Contudo, chegaram a tal ponto de furor que se queixam de não lhes ser mais permitido ser cruéis e tiranizarem-se uns aos outros."

Essa única carta não bastaria para desmentir as calúnias de que os padres cristãos o cumularam?

Havia em Alexandria um bispo chamado Jorge, o mais sedicioso e o mais violento dos cristãos; estava sempre acompanhado por capangas; batia nos pagãos com as próprias mãos; demolia seus templos. O povo de Alexandria o matou. Eis como Juliano fala aos alexandrinos na sua décima epístola:

"Quê?! Em vez de reservar para mim o conhecimento de vossas injúrias, vos deixastes levar pela cólera! Entregaste-vos aos mesmos excessos que condenais em vossos inimigos! Jorge merecia ser tratado assim, mas não cabia a vós serem os executores. Tendes leis, era preciso exigir justiça etc."

Não pretendo repetir e refutar aqui tudo o que foi escrito na *História eclesiástica*, sempre ditada pelo espírito partidarista e faccioso. Passo para a morte de Juliano, que viveu pouco demais para a glória e para a felicidade do império. Foi morto em plena vitória contra os persas, depois de ter cruzado o Tigre e o Eufrates, com trinta e um anos, e morreu como viveu, com a resignação de um estóico, agradecendo o Ser dos seres que ia reunir sua alma à alma universal e divina.

Fica-se tomado de indignação quando se lê em Gregório de Nazianzo e em Teodoreto que Juliano jogou todo seu sangue para o céu dizendo: *Galileu, tu venceste*. Que maldade! Que absurdo! Juliano combatia contra Jesus? E Jesus era o Deus dos persas?

Não se pode ler sem horror os discursos que o exaltado Gregório de Nazianzo pronunciou contra ele após sua morte. É verdade que, se Juliano tivesse vivido, o cristianismo corria o risco de ser abolido. Juliano certamente era um homem maior que Maomé, que destruiu a seita cristã em toda a Ásia e em toda a África. Ante o destino, porém, nada se pode fazer, e um árabe iletrado esmagou a seita de um judeu iletrado, coisa que um grande imperador e filósofo não conseguiu fazer. Isso porque Maomé viveu o suficiente e Juliano pouco demais.

Os cristícolas ousaram dizer que Juliano vivera somente trinta e um anos em punição por sua impiedade; mas nem pensam que seu suposto Deus não viveu mais que isso.

CAPÍTULO XXXIII

Considerações sobre Juliano

Juliano, estóico na prática e de uma virtude superior à de sua própria seita, era platônico na teoria: seu espírito sublime abraçara a sublime idéia de Platão, tomada dos antigos caldeus, de que Deus, existindo desde toda a eternidade, criara seres eternos. Esse Deus imutável, puro, imortal, só podia formar seres semelhantes a ele, imagens de seu esplendor, aos quais ordenou criar substâncias mortais: por isso Deus fez os deuses e os deuses fizeram os homens.

Esse magnífico sistema não estava provado; mas tal imaginação sem dúvida vale mais que um jardim no qual estabeleceram as nascentes do Nilo e do Eufrates, que ficam a oitocentas grandes léguas uma da outra; uma árvore que dá o conhecimento do bem e do mal; uma mulher extraída da costela de um homem; uma serpente que fala, um querubim que guarda a porta e todos os odiosos desvarios com que a grosseria judaica recheou essa fábula, emprestada dos fenícios. Vale a pena ver, em Cirilo, com que eloqüência Juliano desmentiu esses absurdos. Cirilo teve orgulho suficiente para registrar as razões de Juliano e para crer ter respondido a elas.

Juliano digna-se a mostrar quanto contradiz a natureza de Deus pôr no jardim do Éden frutos que davam o conhecimento do bem e do mal e proibir comê-los. Era preciso, ao contrário, como já comentamos[197], recomendar ao homem nutrir-se daquele fruto necessário. A distinção do bem e do mal, do justo e do injusto, era o leite com que Deus devia alimentar criaturas saídas de suas mãos. Melhor teria sido furar seus dois olhos a lhes bloquear o entendimento.

Se o redator daquele romance asiático que é o *Gênesis* tivesse a menor faísca de engenhosidade, teria imaginado duas árvores no paraíso: os frutos de uma alimentariam a alma e fariam conhecer e amar a justiça; os frutos da outra inflamariam o coração com paixões funestas. O homem desprezou a árvore da ciência e se apegou à da cupidez.

Eis aí ao menos uma alegoria correta, uma imagem sensível do freqüente abuso que os homens fazem de sua razão. Espanta-me que Juliano não a tenha proposto; mas desdenhava por demais aquele livro para se rebaixar a corrigi-lo.

É com muita razão que Juliano despreza o famoso *Decálogo* que os judeus consideravam um código divino: na verdade, é uma engraçada legislação, se comparada com as leis romanas, proibir o roubo, o adultério e o homicídio. Em que povo bárbaro a natureza não ditou essas leis de maneira bem mais abrangente? Que lamentável fazer Deus descer em meio a raios e trovões, sobre uma pequena montanha calva, para ensinar que não se deve ser ladrão! Pode-se ainda dizer que não competia a esse Deus, que ordenara aos judeus roubar os egípcios e que lhes propunha a usura com os estrangeiros como sua mais digna recompensa, e que recompensara o ladrão Jacó, que não competia a esse Deus, dizia eu, proibir o furto.

É com muita sagacidade que esse digno imperador destrói as supostas profecias judaicas, sobre as quais os cristícolas apoiavam seus desvarios, tais como a vara de Judá, que não faltaria entre as pernas, e a moça ou mulher que

---

197. Tomo XI, p. 29, na nota; tomo XXV, p. 134.

terá um filho e sobretudo estas palavras atribuídas a Moisés[198], que dizem respeito a Josué e que são aplicadas tão indevidamente a Jesus: "Deus vos suscitará um profeta como eu." Certamente um profeta como Moisés não quer dizer Deus e filho de Deus. Nada é tão palpável, nada está tão ao alcance dos espíritos mais grosseiros.

Mas Juliano acreditava, ou fingia acreditar, por política, nas adivinhações, nos augúrios, na eficácia dos sacrifícios, pois, afinal, os povos não eram filósofos. Era preciso optar entre a demência dos cristícolas e a dos pagãos.

Creio que, se aquele grande homem tivesse vivido mais, teria, com o tempo, livrado a religião das superstições mais grosseiras e teria acostumado os romanos a reconhecer um Deus formador dos deuses e dos homens e a lhe render todas as homenagens.

Mas Cirilo, Gregório e os outros padres cristãos aproveitaram da necessidade que ele parecia ter de professar publicamente a religião pagã para desacreditá-lo entre os fanáticos. Os arianos e os atanasianos se reuniram contra ele, e o homem que talvez tenha sido o maior de todos os tempos tornou-se inútil para o mundo.

---

198. Dt 18, 18.

CAPÍTULO XXXIV[199]

Os cristãos até Teodósio

Após a morte de Juliano, os arianos e os atanasianos, cujo furor ele tinha reprimido, recomeçaram a conturbar todo o império. Os bispos de ambos os partidos não passavam de líderes dos sediciosos. Monges fanáticos saíram dos desertos de Tebaida para avivar o fogo da discórdia, falando apenas de milagres extravagantes, tais como aqueles que encontramos na história dos *papas* do deserto; insultando os imperadores e mostrando desde então o que os monges seriam um dia.

Houve um imperador sábio que, para acalmar, se isso fosse possível, todas aquelas querelas, deu total liberdade de consciência e tomou-a para si mesmo: foi Valentiniano. Em seu tempo, todas as seitas viveram ao menos alguns anos numa paz exterior, limitando-se a se anatematizar sem se matar; pagãos, judeus, atanasianos, arianos, macedônios, donatistas, ciprianistas, maniqueus, apolinaristas, todos se

....
199. Entre este capítulo e o precedente, a edição de 1776, de que falei anteriormente (p. 3), contém um intitulado *O suposto milagre nos tempos de Juliano nas fundações do templo de Jerusalém*. Mas trata-se apenas da reprodução do trecho que tem por título *Os globos de fogo* etc., que o autor publicara em 1770, em suas *Questions sur l'Encyclopédie* (ver tomo XVII, pp. 319-21). Contudo, o último parágrafo de 1770 não fazia parte da reimpressão de 1776, que terminava com as palavras *altura revoltante*. (B.)

surpreenderam com sua tranqüilidade. Valentiniano mostrou a todos aqueles que nasceram para governar que, se duas seitas dilaceram um Estado, trinta seitas toleradas deixam o Estado sossegado.

Teodósio não pensava assim e esteve a ponto de pôr tudo a perder: foi o primeiro a tomar partido a favor dos atanasianos e fez renascer a discórdia por sua intolerância. Perseguiu os pagãos e os baniu. Covarde, considerou-se então obrigado a dar províncias inteiras aos godos, na margem direita do Danúbio; e, por essa infeliz precaução, tomada contra seus povos, preparou a queda do império romano.

Os bispos, à semelhança do imperador, entregaram-se ao furor da perseguição. Havia um tirano que, tendo destronado e assassinado um colega de Teodósio, chamado Graciano, tornara-se senhor da Inglaterra, da Gália e da Espanha. Depois que um tal Prisciliano na Espanha dogmatizou como tantos outros e disse que as almas eram emanações de Deus, alguns bispos espanhóis, que não sabiam mais que Prisciliano de onde vinham as almas, entregaram-no, a ele e a seus principais sectários, ao tirano Máximo. Esse monstro, para adular os bispos, de que necessitava para se manter na sua usurpação, mandou condenar à morte Prisciliano e sete de seus partidários. Um bispo, chamado Itácio[200], foi suficientemente bárbaro para suplicá-los na sua presença. O povo, sempre tolo e sempre cruel quando se dá rédea solta à sua superstição, abateu, em Bordeaux, a pedradas, uma mulher de qualidade que diziam ser prisciliista.

Esse julgamento de Prisciliano é mais certo que o de todos os mártires, sobre os quais cristãos tinham feito tanto barulho na época dos primeiros imperadores. Os infelizes acreditavam agradar a Deus maculando-se com os crimes

---

200. Ver tomo XV, p. 497; XXV, 542.

de que tinham se queixado. Desde aquela época, os cristãos passaram a ser como cães a quem se deu um pedaço da caça: ficaram ávidos por carnificinas, não para defender o império, que deixaram invadir por vinte nações bárbaras, mas para perseguir ora os sectários da antiga religião romana, ora seus irmãos que não pensavam como eles.

Existe algo mais horrível e mais covarde que a ação dos padres do bispo Cirilo, que os cristãos chamam de são Cirilo? Em Alexandria, havia uma moça conhecida por sua beleza e por sua inteligência; seu nome era Hipácia[201]. Educada pelo filósofo Theon, seu pai, ocupava, em 415, a cadeira que fora dele e era aplaudida por sua ciência assim como louvada por seus costumes; mas era pagã. Os mastins tonsurados de Cirilo, seguidos de um bando de fanáticos, atacaram-na na rua quando ela retornava depois de ministrar suas aulas, arrastaram-na pelos cabelos, apedrejaram-na e a queimaram, sem que Cirilo, o santo, lhes tivesse feito a mais leve reprimenda e sem que Teodósio, o jovem, e a devota Pulquéria, sua irmã, que o governava e dividia o império com ele, condenassem esse excesso de desumanidade. Tal desprezo pelas leis nessa circunstância teria parecido menos espantoso no reinado de seu antepassado Teodósio I, que se maculara tão covardemente com o sangue dos povos da Tessalônica[202].

....

201. Ver tomo XIX, p. 393.
202. Nada caracteriza melhor os padres do cristianismo que os louvores por eles tanto tempo prodigalizados a Teodósio e a Constantino. É certo que esse Teodósio, apelidado o Grande e às vezes o Santo, foi um dos homens mais maus que governaram o império romano, já que, depois de ter prometido uma anistia total durante seis meses aos cidadãos de Tessalônica, esse cantábrico, tão pérfido quanto cruel, convidou, em 390, esses cidadãos a comparecerem a jogos públicos nos quais mandou matar homens, mulheres e crianças, sem que nenhum escapasse. É possível não ser tomado da mais violenta indignação contra os panegiristas desse bárbaro, que se extasiam com sua penitência? Dizem que ele ficou realmente vários meses sem ouvir a missa. Não é um

CAPÍTULO XXXV[203]

As seitas e as desgraças dos cristãos até o estabelecimento do maometismo

As disputas, os anátemas, as perseguições não pararam de inundar a Igreja cristã. Não era suficiente ter unido em Jesus a natureza divina com a natureza humana: puseram-se a discutir a questão de se Maria era mãe de Deus. O título de mãe de Deus pareceu uma blasfêmia a Nestório, bispo de Constantinopla. Sua opinião era a mais provável; mas, como tinha sido perseguidor, encontrou bispos que o perseguiram. Expulsaram-no de sua cadeira no concílio de Éfeso; mas também trinta bispos desse mesmo concílio destituíram aquele são Cirilo, o inimigo mortal de Nestório; e todo o Oriente foi dividido.

Não era o suficiente; foi preciso saber precisamente se esse Jesus tivera duas naturezas, duas pessoas, duas almas, duas vontades; se, quando exercia as funções animais do homem, a parte divina participava ou não participava. Todas essas questões mereceriam ser tratadas apenas por Ra-

....

insulto a toda a humanidade ousar falar de tal expiação? Se os autores dos massacres da Irlanda tivessem passado seis meses sem ouvir a missa, teriam expiado seus crimes? Fica-se livre deles deixando de assistir a uma cerimônia tão idólatra quanto ridícula quando se está maculado do sangue de sua pátria?

Quanto a Constantino, concordo com a opinião do cônsul Ablavius, que declarou que Constantino era um Nero. (*Nota de Voltaire*, 1771.) – Ver p. 126.

203. Capítulo acrescentado em 1767; ver a nota da p. 3.

belais ou por nosso caro deão Swift ou por Punch[204]. Com o fanatismo de um Eutiques, miserável monge inimigo de Nestório e combatido por outros monges, somavam-se três partidos no império. Em todas essas disputas, viam-se monastérios opostos a monastérios, devotos a devotos, eunucos a eunucos, concílios a concílios e muitas vezes imperadores a imperadores.

Enquanto os descendentes dos Camilo, dos Brutus, dos Cipião, dos Catão, misturados com os gregos e com os bárbaros, chafurdavam assim na lama da teologia e o espírito de vertigem se espalhava pela face do império romano, bandoleiros do Norte, que só sabiam combater, vierem desmembrar aquele grande colosso que se tornara fraco e ridículo.

Depois de vencerem, foi preciso governar povos fanáticos; foi preciso pegar sua religião e conduzir essas bestas de carga pelos cabrestos que elas mesmas tinham feito para si.

Os bispos de cada seita tentaram seduzir os vencedores; por isso os príncipes ostrogodos, visigodos e borguinhões se tornaram arianos; os príncipes francos foram atanasianos[205].

O império romano do Ocidente destruído foi dividido em províncias cobertas de sangue, que continuaram a se anatematizar com uma santidade recíproca. Houve tanta

....

204. Chamemos as coisas pelo seu devido nome. Levaram a blasfêmia até o ponto de fazer um artigo de fé do fato de que Deus veio cagar e mijar na Terra; que o comemos depois que foi crucificado; que o cagamos e mijamos. E discute-se gravemente se era a natureza divina ou a natureza humana que cagava e mijava! Santo Deus! (*Nota de Voltaire.*) – Essa nota é de 1776, exceto as duas últimas palavras, que foram acrescentadas nas edições de Kehl. (B.)

205. Que atanasiano, que bom católico foi aquele Clóvis, que mandou massacrar três reis, seus vizinhos, para roubar-lhe o dinheiro sonante! Que bons católicos foram seus filhos, que mataram com as próprias mãos seus sobrinhos no berço! *By God!* Ao ler a história dos primeiros reis cristãos, temos a impressão de estar lendo a história dos reis de Judá e de Israel, ou a dos salteadores. (*Nota de Voltaire.*) – O conteúdo dessa nota foi acrescentado em 1776, mas fazia então parte do texto. (B.)

confusão e uma abjeção igualmente miserável tanto na religião quanto no império.

Os desprezíveis imperadores de Constantinopla afetavam continuar a reclamar, sobre a Itália e sobre as outras províncias que não tinham mais, os direitos que acreditavam ter. Mas no século VII surgiu uma nova religião que logo arruinou as seitas cristãs na Ásia, na África e numa grande parte da Europa.

O maometismo era sem dúvida mais sensato que o cristianismo. Nele não se adorava um judeu ao mesmo tempo em que se abominavam os judeus; não chamavam uma judia mãe de Deus; não se caía na blasfêmia extravagante de dizer que três deuses fazem um deus; por fim, não se comia esse deus que se adorava e não se defecava seu criador. Crer num só Deus todo-poderoso era o único dogma, e se não tivessem acrescentado que Maomé é seu profeta teria sido uma religião tão pura, tão bela quanto a dos letrados chineses. Era o simples teísmo, a religião natural e, por conseguinte, a única verdadeira. Pode-se dizer, contudo, que os muçulmanos estavam de certa forma desculpados por chamar Maomé de instrumento de Deus, já que ele de fato ensinara aos árabes que só há um Deus.

Os muçulmanos, pelas armas e pela palavra, fizeram calar o cristianismo até as portas de Constantinopla; e os cristãos, restritos a algumas províncias do Ocidente, continuaram a disputar e a se dilacerar.

CAPÍTULO XXXVI[206]

Discurso sumário das usurpações papais[207]

Foi a um estado bem deplorável que a inundação de bárbaros reduziu a Europa. Apenas o tempo de Teodorico e de Carlos Magno foi marcado por algumas boas leis; ainda assim, Carlos Magno, meio franco meio germano, exerceu barbáries com as quais nenhum soberano ousaria se macular hoje em dia. São apenas os covardes escritores da seita romana que podem elogiar esse príncipe por ter matado a metade dos saxões para converter a outra.

Os bispos de Roma, com a decadência da família de Carlos Magno, começaram a tentar atribuir a si um poder soberano e parecer-se com os califas, que reuniam os direitos do trono e do altar. As divisões dos príncipes e a ignorância dos povos logo favoreceram seu projeto. O bispo de Roma Gregório VII foi quem exibiu seus propósitos audaciosos com mais insolência. Felizmente para nós, Guilherme da Normandia, que usurpara nosso trono e não distinguia mais a glória de nossa nação da sua própria, reprimiu

....
206. Adição de 1767; ver a nota da p. 3.
207. Milorde não fala o suficiente da tirania dos papas. Sobretudo Gregório, apelidado o Grande, queimou todos os autores latinos que pôde encontrar. Ainda podemos ler dele uma carta a um bispo de Cagliari na qual ele lhe diz: "Quero que forcem todos os pagãos da Sardenha a se converter." (*Nota de Voltaire*, 1771.)

a insolência de Gregório VII e impediu por certo tempo que pagássemos o dízimo de são Pedro, que primeiro havíamos dado como uma esmola e que os bispos de Roma exigiam como um tributo.

Nem todos nossos reis tiveram a mesma firmeza. Depois de os papas, tão pouco poderosos com seu pequeno território, terem se tornado senhores da Europa por meio das cruzadas e dos monges; depois de terem deposto tantos imperadores e reis e terem feito da religião uma arma terrível que transpassava todos os soberanos, nossa ilha viu o miserável rei João Sem Terra se declarar de joelhos vassalo do papa, fazer juramento de fidelidade aos pés do legado Pandolfo, obrigar-se, ele e seus sucessores, a pagar aos bispos de Roma um tributo anual de mil marcos[208], o que era praticamente toda a renda da coroa. Como um de meus ancestrais teve a infelicidade de assinar esse tratado[209], o mais infame dos tratados, devo falar dele com mais horror que qualquer outra pessoa: é um pedido de perdão que devo à dignidade da natureza humana aviltada.

....

208. O legado pisoteou o dinheiro antes de levá-lo. Nossa ilha era na época um país obediente. Éramos realmente servos do papa. Que infame escravidão! Santo Deus! Não nos vingamos o bastante. Enviamos navios de guerra a Gibraltar, mas não os enviamos ao Tibre! (*Nota* de *Voltaire.*) – A primeira frase desta nota é de 1771; o resto, de 1776.

209. Esta frase talvez seja uma piada de Voltaire: não encontrei esse tratado em nenhuma das três edições da compilação de Rymer, intitulada *Fœdera, Conventiones* etc. (B.)

CAPÍTULO XXXVII[210]

O excesso pavoroso das perseguições cristãs

Não há dúvida de que os novos dogmas inventados todos os dias contribuíram muito para fortalecer as usurpações dos papas. O *hocus pocus*[211], ou a transubstanciação, cujo nome por si só já é ridículo, foi se estabelecendo pouco a pouco, depois de ter sido ignorado nos primeiros séculos do cristianismo. É possível imaginar a veneração que atraía para si um padre, um monge, que fazia um deus com quatro palavras e não só um deus, mas quantos deuses quisesse: com que respeito, vizinho da adoração, não devia ser visto aquele que se tornara o senhor absoluto de todos esses fazedores de deuses? Era o soberano dos padres, era o soberano dos reis; ele mesmo era deus, e até hoje em Roma, quando o papa oficia, diz-se: O *venerável* exprime o *venerável*.

No entanto, no meio desse lodaçal em que a espécie humana estava mergulhada na Europa, sempre surgiram homens que protestaram contra essas novidades: sabiam que, nos primeiros séculos da Igreja, jamais se pretendera converter pão em deus no jantar do Senhor; que a ceia feita

....

210. Adição de 1767; ver a nota da p. 3.
211. Chamamos *hocus pocus* um truque, um passe-passe, uma escamoteação de charlatão. São duas palavras latinas abreviadas ou, melhor, estropiadas, a partir das seguintes palavras da missa latina: *hoc est corpus meum*. (*Nota de Voltaire*, 1771.)

por Jesus fora um cordeiro cozido com alface, que isso não tinha qualquer semelhança com a comunhão da missa, que os primeiros cristãos tinham horror às imagens, que, ainda nos tempos de Carlos Magno, o famoso concílio de Frankfurt as proscrevera.

Vários outros artigos os revoltavam; vez por outra, chegavam até a ousar duvidar que o papa, por mais deus que fosse, pudesse por direito divino depor um rei por ter desposado sua comadre ou sua parente de sétimo grau. Portanto, rejeitavam secretamente alguns pontos da crença cristã e aceitavam outros não menos absurdos: como os animais, que outrora supunha-se serem formados do lodo do Nilo e que tinham a vida numa parte do corpo enquanto a outra ainda era apenas barro.

Mas, quando quiseram falar, como foram tratados? No Oriente, tinham sido necessários dez séculos de perseguições para exterminar os maniqueus e, sob a regência da imperatriz Teodora, devota e bárbara[212], tinham matado mais de cem mil nos suplícios. Os ocidentais, tendo ouvido falar confusamente dessas carnificinas, acostumaram-se a chamar de maniqueus todos aqueles que combatiam alguns dogmas da Igreja papista e a persegui-los com a mesma barbárie. Foi assim que um Roberto de França mandou queimar diante de seus olhos o confessor de sua mulher e vários padres.

....

212. Como é possível que essa horrível proscrição, essa Noite de São Bartolomeu antecipada seja tão pouco conhecida! Ela se perdeu na multidão. No entanto, Fleury não omite aquele horror no seu XLVIII livro, no ano de 850; fala dele como se fosse um fato muito corriqueiro. Bayle, no artigo PAULICIANOS, deveria ter feito menção a ele; tanto mais que os paulicianos que escaparam daquele massacre juntaram-se aos muçulmanos e os ajudaram a destruir o detestável império do Oriente, que sabia proscrever mas não sabia combater. O que leva ao cúmulo a atrocidade cristã, porém, é que a fúria de Teodora foi declarada santa e seu dia foi celebrado por muito tempo na Igreja grega. (*Nota de Voltaire*, 1771.)

Quando os valdenses e os albigenses apareceram, chamaram-nos de maniqueus para torná-los mais odiosos.

Quem não conhece as horríveis crueldades cometidas nas províncias meridionais da França contra os infelizes cujo crime era negar que se pudesse fazer Deus com palavras?

Quando, em seguida, os discípulos de nosso Wiclef, de João Hus e, finalmente, os de Lutero e de Zwinglio quiseram sacudir o jugo papal, sabe-se que a Europa quase inteira logo ficou dividida em duas espécies, uma de carrascos e a outra de supliciados. Os reformados fizeram em seguida o que haviam feito os cristãos dos séculos IV e V: depois de terem sido perseguidos, tornaram-se perseguidores por sua vez. Quem quisesse contar as guerras civis que as disputas sobre o cristianismo suscitaram veria que foram mais de cem. Nossa Grã-Bretanha foi devastada: os massacres da Irlanda são comparáveis aos da Noite de São Bartolomeu, e não sei se houve mais abominações cometidas, mais sangue derramado na França ou na Irlanda. A mulher de Sir Henry Spotswood[213], irmã de minha bisavó, foi morta com

---

213. Milorde Bolingbroke tem razão quando compara os massacres da Irlanda com os da Noite de São Bartolomeu, na França; creio até que o número de assassinatos irlandeses superou o dos assassinatos franceses.

Henry Shampert, James Shaw e outros provaram juridicamente que os confessores dos católicos lhes tinham anunciado a excomunhão e a danação eterna se não matassem todos os protestantes, com as mulheres e crianças que conseguissem matar; e que os mesmos confessores lhes ordenaram não poupar o gado pertencente aos ingleses, a fim de melhor se parecer com o santo povo judeu, quando Deus lhe entregou Jericó.

Encontraram no bolso de lorde Macguire, quando foi preso, uma bula do papa Urbano VIII, de 25 de maio de 1643, que prometia aos irlandeses a remissão de todos os crimes e eximia-os de todos seus votos, exceto o da castidade.

O cavaleiro Clarendon e o cavaleiro Temple dizem que, do outono de 1641 ao verão de 1643, foram assassinados cento e cinqüenta mil protestantes e que nem as mulheres e as crianças foram poupadas. Um irlandês chamado Brooke, zeloso de seu país, afirma que só mataram quarenta mil. Façamos uma média e teremos noventa e cinco mil vítimas em vinte um meses. (*Nota de Voltaire*, 1771.)

suas duas filhas. Por isso, neste exame, tenho sempre motivos para vingar o gênero humano e a mim mesmo.

Que dizer do tribunal da Inquisição, que subsiste até hoje? Os sacrifícios de sangue humano que tantos condenam nas antigas nações foram mais raros que aqueles com que os espanhóis e os portugueses se macularam em seus *atos de fé*.

Haverá agora quem queira comparar esse longo acúmulo de destruição e carnificina com o martírio de santa Potamiana, de santa Bárbara, de são Piônio e de santo Eustáquio? Nadamos no sangue como tigres ferozes durante séculos e ousamos difamar os Trajano e os Antoninos chamando-os de perseguidores!

Ocorreu às vezes de eu mostrar a padres a atrocidade de todas essas desolações de que nossos ancestrais foram vítimas: respondiam-me friamente que era uma boa árvore que produzira maus frutos; eu lhes dizia que era uma blasfêmia afirmar que uma árvore que carregara tantos e tão horríveis venenos tivesse sido plantada pelas mãos do próprio Deus. Na verdade, não existe nenhum padre que não deva corar e baixar os olhos diante de um homem honesto.

CAPÍTULO XXXVIII[214]

Excessos da Igreja Romana

É apenas na Igreja Romana, acrescida da ferocidade dos descendentes dos hunos, dos godos e dos vândalos, que se vê essa série contínua de escândalos e barbáries desconhecidos de todos os sacerdotes das outras religiões do mundo.

Em toda parte, os sacerdotes abusaram, porque são homens. Houve e ainda há entre os brâmanes embusteiros e celerados, embora essa antiga seita seja decerto a mais honesta de todas. A Igreja Romana ganhou em quantidade de crimes de todas as seitas do mundo porque teve riquezas e poder.

Ganhou em debochos obscenos, porque, para melhor governar os homens, proibiu para si o casamento, que é o maior freio que existe para a impudicícia *vulgívaga* e para a pederastia. Atenho-me ao que vi com meus próprios olhos e ao que aconteceu poucos anos antes de meu nascimento. Houve alguma vez bandido que respeitasse menos a fé pública, o sangue dos homens e a honra das mulheres que aquele Bernard Van Galen, bispo de Munster, a soldo ora dos holandeses contra seus vizinhos, ora de Luís XIV contra os holandeses? Embriagou-se de vinho e de sangue a vida toda. Passava da cama de suas concubinas para os campos da morte, como um animal no cio e carnívoro. O povo tolo,

---

214. Capítulo acrescentado em 1771; ver a nota da p. 3.

contudo, punha-se de joelhos diante dele e recebia humildemente sua bênção.

Conheci um desses bastardos, que, apesar de seu nascimento, encontrou a forma de ser cônego de uma colegiada; era mais malvado que seu pai e bem mais dissoluto: sei que assassinou uma de suas amantes.

Pergunto se não é muito provável que, se o bispo tivesse se casado com uma alemã, mulher de bem, e se seu filho tivesse nascido de um casamento legítimo e sido bem criado, pergunto se ambos não teriam levado uma vida menos abominável. Pergunto se há algo no mundo mais capaz de moderar nossos furores que os olhares de uma esposa e de uma mãe respeitada, se os deveres de um pai de família não sufocaram mil crimes ainda em germe.

Quantos assassinatos cometidos por padres não vi na Itália menos de quarenta anos atrás? Não exagero; eram poucos os dias em que um padre corso, depois de ter dito a missa, não ia arcabusar seu inimigo ou rival atrás de uma moita; e, enquanto o assassinado ainda respirava, o padre se oferecia para confessá-lo e lhe dar a absolvição. É por isso que aqueles que o papa Alexandre VI mandava matar para se apoderar de seus bens lhe pediam *unam indulgentiam in articulo mortis.*

Estava lendo ontem o que contam em nossas histórias de um bispo de Liège, dos tempos de nosso Henrique V. Esse bispo é chamado apenas de *João sem piedade*. Tinha um padre que lhe servia de carrasco; depois de tê-lo empregado para enforcar, pôr na roda, estripar mais de duas mil pessoas, mandou enforcá-lo.

Que dizer do arcebispo de Upsal, chamado Troll, que, em combinação com o rei da Dinamarca, Christian II, mandou massacrar na sua frente noventa e quatro senadores e entregou a cidade de Estocolmo à pilhagem, com uma bula do papa na mão?

Não há estado cristão em que os padres não tenham protagonizado cenas mais ou menos parecidas.

Dir-me-ão que falo tão-só dos crimes eclesiásticos e que omito os dos seculares. É porque as abominações dos padres, e sobretudo dos padres papistas, contrastam mais fortemente com o que eles ensinam ao povo; é porque acrescentam a seus incontáveis delitos um crime não menos horroroso, se isso for possível, o da hipocrisia; é porque quanto mais seus costumes devem ser puros, mais eles são culpados. Insultam o gênero humano; persuadem imbecis a se enterrarem vivos num monastério. Oficiam uma vestidura, administram seus óleos e ao sair de lá mergulham na voluptuosidade ou na carnificina: é assim que a Igreja foi governada desde os furores de Atanásio e de Ário até nossos dias.

Digam-me com a mesma boa-fé com que me explico; alguém crê que haja um só desses monstros que acreditou nos dogmas impertinentes que pregou? Houve um só papa que, tendo um mínimo de senso comum, acreditou na encarnação de Deus, na morte de Deus, na ressurreição de Deus, na Trindade de Deus, na transubstanciação da farinha em Deus e em todas essas odiosas quimeras que puseram os cristãos abaixo dos brutos? É certo que não acreditaram em nada disso e, por terem sentido o horrível absurdo do cristianismo, imaginaram que não havia Deus. Foi essa a origem de todos os horrores com que se macularam; tomemos cuidado, é o absurdo dos dogmas cristãos que faz os ateus.

Conclusão

Concluo que todo homem sensato, todo homem de bem, deve ter horror à seita cristã. *O grande nome de teísta, que não se reverencia o suficiente*[215], é o único nome que se deve aceitar. O único Evangelho que se deve ler é o grande livro da natureza, escrito pela mão de Deus e marcado com sua chancela. A única religião que se deve professar é a de *adorar a Deus e ser um homem honesto*. É tão impossível que essa religião pura e eterna produza o mal quanto era impossível que o fanatismo cristão não o fizesse.

Jamais poderão fazer a religião natural dizer: *Vim trazer*[216], *não a paz, mas o gládio*. Ao passo que esta é a primeira confissão de fé que põem na boca do judeu que denominaram Cristo.

É uma pena que os homens sejam cegos e prefiram uma seita absurda, sanguinária, defendida por carrascos e rodeada de fogueiras; uma seita que só pode ser aprovada por aqueles a quem ela dá poder e riquezas; uma seita particular que só é aceita numa pequena parte do mundo; que a prefiram a uma religião simples e universal que, conforme

....
215. *N.B.* Estas palavras foram tiradas de *Caractéristiques* de lord Shaftesbury. (*Nota de Voltaire*, 1767.)
216. Mt 15, 34.

os próprios cristícolas reconhecem, era a religião do gênero humano no tempo de Set, de Enoque, de Noé. Se a religião dos seus primeiros patriarcas foi verdadeira, a seita de Jesus com certeza é falsa. Os soberanos se submeteram a essa seita acreditando que assim seriam mais queridos por seu povo, tomando para si o jugo que seu povo carregava. Não viram que assim tornavam-se os primeiros escravos dos padres, e, em metade da Europa, ainda não conseguiram tornar-se independentes.

E que rei, rogo que me digam, que magistrado, que pai de família, não preferiria ser senhor em sua própria casa a ser escravo de um padre?

Quê?! A quantidade incontável dos cidadãos molestados, excomungados, reduzidos à mendicância, mortos, jogados na vala comum, a quantidade de príncipes destronados e assassinados ainda não abriu os olhos dos homens?! E entreabri-los não basta para derrubar esse ídolo funesto!

Que colocaremos em seu lugar? dizeis. Quê?! Um animal feroz sugou o sangue de meus próximos: digo-vos para vos livrardes dessa besta e me perguntais o que poremos em seu lugar?! Perguntais realmente?! Vós, cem vezes mais odiosos que os pontífices pagãos, que se contentavam tranqüilamente com suas cerimônias e seus sacrifícios, que não pretendiam acorrentar os espíritos com dogmas, que jamais disputaram com os magistrados seu poder, que não introduziram a discórdia entre os homens. Tendes a desfaçatez de perguntar o que se deve pôr no lugar de vossas fábulas! Respondo-vos: Deus, a verdade, a virtude, leis, penas e recompensas. Pregai a probidade e não o dogma. Sede sacerdotes de Deus e não de um homem.

Depois de ter pesado, perante Deus, o cristianismo nas balanças da verdade, é preciso pesá-lo nas da política. A miserável condição humana implica que o verdadeiro nem sempre seja vantajoso. Haveria perigo e pouca razão em querer fazer de repente com o cristianismo o que fizemos com o papismo. Considero que, em nossa ilha, devamos deixar subsistir a hierarquia estabelecida por um ato do parlamento, submetendo-a sempre à legislação civil e impedindo-a de ser prejudicial. Seria sem dúvida desejável que o ídolo fosse derrubado e que oferecessem a Deus homenagens mais puras; mas o povo ainda não é digno disso. Por ora, basta que nossa Igreja seja contida dentro de seus limites. Quanto mais esclarecidos forem os leigos, menos mal poderão fazer os padres. Tentemos esclarecê-los, fazê-los corar com seus erros e levá-los pouco a pouco a serem cidadãos[217].

....

217. O espírito humano, por mais depravado que seja, não poderia responder com argumentos razoáveis a tudo o que disse milorde Bolingbroke. Eu mesmo, junto com um dos maiores matemáticos de nossa ilha, tentei imaginar o que os cristícolas poderiam alegar de plausível e não descobri nada. Este livro é um raio que fulmina a superstição. Tudo o que nossos *divines* (*divine*, em inglês, significa *teólogo*) têm a fazer é pregar sempre apenas a moral e tornar o papismo para sempre execrável em todas as nações. Assim, serão caros à nossa. Que façam adorar um Deus e que façam detestar uma seita abominável fundada na impostura, na perseguição, na rapina e na carnificina; uma seita inimiga dos reis e dos povos e, sobretudo, inimiga de nossa constituição, da mais feliz constituição do universo. Foi dado a milorde Bolingbroke destruir demências teológicas, assim como foi dado a Newton acabar com os erros físicos. Que em breve toda a Europa possa se iluminar com essa luz! *Amen.* Londres, 18 de março de 1767. MALLET. (*Nota de Voltaire.* 1771.) – Mallet morrera em 1765.

*Tradução
de uma carta de milorde Bolingbroke
a milorde Cornsbury*[1]

Não vos espanteis, milorde, que Grócio e Pascal tenham tido as imperfeições que lhes reprochamos. A vaidade, a paixão de se distinguir e sobretudo a de dominar o espírito dos outros corromperam muitos gênios e obscureceram muitas luzes.

Vistes entre nós excelentes conselheiros legais defender as piores causas. Nosso Whiston, bom geômetra e homem muito erudito, tornou-se muito ridículo por seus sistemas. Descartes era certamente um excelente geômetra para seu tempo; contudo, quantas enormes tolices não disse ele em física e em metafísica? Já se viu romance mais extravagante que o seu *Mundo*?

O doutor Clarke sempre será considerado um metafísico muito profundo; mas isso não impede que a parte de seu livro que concerne à religião seja vaiada por todos os pensadores.

Li, faz alguns meses, o manuscrito do *Comentário sobre o Apocalipse* de Newton, que me emprestou seu sobrinho Conduit. Confesso que por causa desse livro eu mandaria interná-lo em Bedlam se não soubesse que, naquilo

....
1. Esta *Carta de milorde Bolingbroke* e a de *milorde Cornsbury* que a ela se segue estão nas edições de 1767 do *Exame importante*.

que é de sua competência, ele é o maior homem de todos os tempos. Diria o mesmo de Agostinho, bispo de Hipona, ou seja, julgaria-o digno de Bedlam no tocante a algumas de suas contradições e alegorias; mas não pretendo dizer que o veria como um grande homem.

Ficamos totalmente surpresos de ler em seu sermão sobre o sétimo salmo estas belas palavras: "Está claro que o número quatro está relacionado com o corpo humano, por causa dos quatro elementos, das quatro qualidades de que está composto, o frio, o quente, o seco e o úmido. O número quatro está relacionado com o homem velho e com o Velho Testamento, e o três com o homem novo e com o Novo Testamento. Portanto, tudo se faz por quatro e por três, que fazem sete, e quando tiverem passado sete dias, o oitavo será o dia do juízo."

As razões que Agostinho dá de por que Deus disse ao homem, aos peixes e aos pássaros: Crescei e multiplicai-vos, e não o disse aos outros animais, também são excelentes. Estão no fim das *Confissões* de Agostinho e exorto-vos a lê-las.

Pascal era bastante eloqüente e, sobretudo, um bom trocista. É de crer que teria se tornado até um profundo geômetra, o que não combina absolutamente com a mofa e a comicidade que reinam em suas *Cartas provinciais*; mas sua saúde precária logo o deixou incapacitado para estudar de forma continuada. Era extremamente ignorante sobre a história dos primeiros séculos da Igreja, bem como sobre quase qualquer outra história. Alguns jansenistas chegaram a me confessar, quando eu estava em Paris, que ele jamais lera o Antigo Testamento inteiro; e creio que, na verdade, poucos homens fizeram essa leitura, salvo aqueles que tiveram a mania de comentá-lo.

Pascal não lera nenhum dos livros dos jesuítas de que zomba em suas cartas. Eram as manobras literárias de Port-

Royal que lhe forneciam as passagens que ele sabia tão bem tornar ridículas.

Seus *Pensamentos*[2] são de um entusiasta, e não de um filósofo. Se o livro que ele meditava tivesse sido composto com tais materiais, teria sido apenas um edifício monstruoso construído sobre areia movediça. Mas ele mesmo era incapaz de erguer essa construção, não só devido à sua pouca ciência, mas porque seu cérebro ficou perturbado nos últimos anos de sua vida, que foi curta. É bem singular o fato de que Pascal e Abbadie, os dois defensores da religião cristã mais citados, tenham morrido loucos. Pascal, como sabeis, acreditava o tempo todo ver um precipício ao lado de sua cadeira; e Abbadie percorria as ruas de Dublin com todos os mendigos de seu bairro. Esse foi um dos motivos que levaram nosso pobre deão Swift a fazer uma fundação para os loucos.

Quanto a Grócio, estava longe de ter o gênio de Pascal, mas era erudito; entendo por erudito aquele pedantismo que acumula muitos fatos e que domina algumas línguas estrangeiras. Seu *Tratado da verdade da religião cristã* é superficial, seco, árido e tão pobre em raciocínios quanto em eloqüência, sempre supondo o que está em questão e não o provando jamais. Chega às vezes a levar a fraqueza do raciocínio ao máximo do ridículo.

Conheceis, milorde, algo mais impertinente do que as provas que ele dá do juízo final no capítulo XXII de seu primeiro livro? Afirma que o abrasamento do universo está anunciado em Histaspes e nas sibilas. Fortalece esse belo testemunho com o nome de dois grandes filósofos, Ovídio e Lucano. Finalmente, leva a extravagância ao ponto de citar astrônomos, que chama de astrólogos, os quais, diz ele,

....
2. Ver tomo XXII, p. 27.

notaram que o sol se aproxima imperceptivelmente da terra, o que é um avanço na direção da destruição universal[3]. Esses astrólogos certamente tinham observado muito mal; e Grócio os citava muito indevidamente.

Ousa dizer, no capítulo XIV do primeiro livro, que uma das grandes provas da verdade e da antiguidade da religião dos judeus era a circuncisão. É uma operação, dizia ele, tão dolorosa e que os tornava tão ridículos aos olhos dos estrangeiros que não teriam feito dela o símbolo de sua religião se não soubessem que Deus o ordenara expressamente.

Contudo, é fato que os ismaelitas e os outros árabes, os egípcios, os etíopes, praticavam a circuncisão muito antes dos judeus e que não poderiam zombar de um costume que os judeus tinham tomado deles.

Imagina demonstrar a verdade da seita judaica fazendo uma longa enumeração dos povos que acreditavam na existência das almas e na sua imortalidade. Não via que é justamente isso que demonstra definitivamente a grosseria estúpida dos judeus, já que, no seu *Pentateuco*, não só a imortalidade da alma é desconhecida, como a palavra hebraica que pode corresponder à palavra *alma* significa sempre apenas a vida animal.

É com o mesmo discernimento que Grócio, no capítulo XVI, livro I, para tornar a história de Jonas verossímil, cita um mau poeta grego, Licofron, segundo o qual Hércules ficou três dias no ventre de uma baleia. Mas Hércules foi bem mais hábil que Jonas, pois descobriu o segredo de grelhar o fígado do peixe e de fazer uma boa refeição na sua

....
3. Não é impossível que, em virtude das perturbações que os planetas causam na órbita da terra, ela se aproxime continuamente do sol, que não exista para a terra uma equação secular. Essa questão ainda não está resolvida e faltava muito para que se pudesse saber alguma coisa a respeito no tempo de Grócio. (K.)

prisão. Não nos dizem onde ele achou grelha e carvão; mas é nisso que consiste o prodígio, e deve-se reconhecer que nada é mais divino que essas duas aventuras do profeta Jonas e do profeta Hércules.

Surpreende-me que esse erudito batavo não tenha se servido do exemplo daquele mesmo Hércules, que atravessou o estreito de Calpe e Abila na sua taça, para nos provar a passagem do mar Vermelho a pé enxuto: pois, por certo, é igualmente bonito navegar num copo de ilusionista[4] quanto atravessar o mar sem barco.

Em suma, não conheço livro mais desprezível que esse *Tratado da religião cristã* de Grócio. Parece-me do mesmo nível de suas arengas ao rei Luís XIII e à rainha Ana, sua mulher. Ele disse a essa rainha, quando ela estava grávida, que parecia a judia Ana, que teve filhos na velhice; que os delfins, ao dar saltos na água, anunciavam o fim das tempestades, e que o pequeno delfim de que ela estava grávida, ao se mexer na sua barriga, anunciava o fim dos problemas do reino.

Quando o delfim nasceu, disse a Luís XIII: "A constelação do delfim é um dos mais felizes presságios entre os astrólogos. À sua volta estão a Águia, Pégaso, a Flecha, o Portador de água* e o Cisne. A Águia designa claramente que o delfim será uma águia nos negócios; Pégaso mostra que terá uma bela cavalaria; a Flecha significa sua infantaria; vê-se pelo Cisne que será celebrado pelos poetas, historiadores e oradores; e as nove estrelas que compõem o signo do delfim marcam evidentemente as nove musas que ele cultivará."

Grócio fez uma tragédia de *José*, toda ela nesse gosto refinado, e outra tragédia de *Sophompaneas*, cujo estilo é digno do tema. Eis quem era esse apóstolo da religião cristã; eis os homens que nos oferecem como oráculos.

....
4. Ver a nota, tomo XXI, p. 530.
* Aquário [N. da T.]

Considero, aliás, o autor tão mau político quanto mau argumentador. Sabeis que tinha a ilusão de querer reunir todas as seitas dos cristãos. Pouco me importa que ele, no fundo, fosse sociniano, como tantos lhe censuraram; tampouco me preocupa saber se acreditou que Jesus foi eternamente gerado ou eternamente feito, ou feito no tempo ou gerado no tempo, ou consubstancial ou não consubstancial: estas são coisas que é preciso enviar por lorde Pedro ao autor da *História de um tonel*, e que uma mente de vossa têmpera jamais examinará seriamente. Nascestes, milorde, para coisas mais úteis, para servir a vossa pátria e para desprezar esses desvarios escolásticos etc.

Carta de milorde Cornsbury a milorde Bolingbroke

Ninguém nunca expôs melhor que vós, milorde, o estabelecimento e os progressos da seita cristã. Na sua origem, ela se assemelha a nossos quacres. O platonismo vem logo depois misturar sua metafísica quimérica e imponente ao fanatismo dos galileus. Por fim, o pontífice de Roma imitou o despotismo dos califas. Creio que, desde a nossa revolução, a Inglaterra é o país onde o cristianismo menos mal faz. A razão disso é que essa torrente está dividida entre nós em dez ou doze riachos, seja presbiterianos, seja outros *dissenters*, sem o que, talvez, ela nos teria submergido.

É um mal que nossos bispos tenham assento no parlamento como barões; aquele não era o lugar deles. Nada é mais diretamente contrário ao instituto primitivo. Mas, quando vejo bispos e monges soberanos na Alemanha e um velho títere em Roma no trono dos Trajanos e dos Antoninos, perdôo nossos selvagens ancestrais que deixaram nossos bispos usurparem baronias.

É certo que nossa Igreja anglicana é menos supersticiosa e menos absurda que a romana. Entendo que nossos charlatães nos envenenam com apenas cinco ou seis drogas, ao passo que os *montebanks*[5] papistas envenenam com umas vinte.

....
5. Palavra inglesa que significa *saltimbancos*.

Foi uma grande mostra de sabedoria do finado czar Pedro I abolir em seus vastos Estados a dignidade de patriarca. Mas ele tinha a autoridade; os príncipes católicos não a têm para destruir o ídolo que o papa é. O imperador não poderia tomar Roma e recuperar seu patrimônio sem excitar contra si todos os soberanos da Europa meridional. Esses senhores são, como o Deus dos cristãos, muito ciumentos.

A seita subsistirá, portanto, e a maometana também, para servir de contrapeso. Os dogmas desta última são bem menos extravagantes. A encarnação e a trindade são de um absurdo que fazem estremecer.

De todos os ritos da comunhão papística, a confissão de moças a homens é de uma indecência e de um perigo que não nos choca como deveria em terras onde damos tanta liberdade ao sexo. Seria algo abominável em todo o Oriente. Como ousariam pôr uma jovem frente a frente e de joelhos diante de um homem em países onde elas são protegidas com um cuidado tão escrupuloso?

Conheceis as desordens geralmente funestas que esse infame costume produz todos os dias na Itália e na Espanha. A França não está isenta. A aventura do cura de Versalhes[6] ainda é recente. Esse engraçadinho roubava o bolso dos penitentes e seduzia as penitentes: contentaram-se em expulsá-lo, e o duque de Orleans lhe deu uma pensão. Ele merecia a forca.

Os sacramentos da Igreja Romana são uma coisa divertida. Ri-se deles tanto em Paris como em Londres; mas, mesmo rindo, submetem-se a eles. Os egípcios sem dúvida riam dos macacos e dos gatos sobre o altar; mas prosternavam-se diante deles. Os homens em geral não merecem ser governados de outra forma. Cícero escreveu contra os áu-

---

6. Fantin; ver tomo IX, p. 293, uma nota do canto XVIII de *La Pucelle*; t. XVIII, p. 378; XIX, 39; XXIII, 551; XXIV, 240.

gures e os áugures subsistiram; beberam do melhor vinho nos tempos de Horácio:

> Pontificum potiore coenis.
> (Liv. II, od. XIV.)

E sempre o beberão. Serão, no fundo do coração, de vossa opinião; mas defenderão uma religião que lhes proporciona tantas honras e dinheiro em público e tantos prazeres em segredo. Esclarecereis a minoria, mas a maioria será a favor deles. É o que ocorre hoje em Roma, em Londres, em Paris, em todas as grandes cidades, no que concerne à religião, como em Alexandria no tempo do imperador Adriano. Conheceis a carta dele[7] a Serviano, escrita em Alexandria:

"Todos têm um único Deus. Cristãos, judeus e todos os outros adoram-no com o mesmo ardor: é o dinheiro."

É esse o deus do papa e do arcebispo de Canterbury.

FIM DO EXAME IMPORTANTE.

---

7. Ver o texto desta carta, tomo XVII, p. 114.

APÊNDICE

Fragmento de uma carta de lorde Bolingbroke

Um grande príncipe me dizia, faz dois meses, nas águas de Aix-la-Chapelle[1], que se considera capaz de governar de maneira muito feliz uma nação considerável sem o auxílio da superstição. "Creio firmemente nisso, respondi-lhe; e uma prova evidente é que quanto menos supersticiosa foi nossa Igreja anglicana, mais nossa Inglaterra floresceu: mais alguns passos e a superaremos. Mas é preciso tempo para curar o âmago da doença depois de destruídos os principais sintomas.

– Os homens, me disse aquele príncipe, são uma espécie de macacos que se pode adestrar para a razão ou para a loucura. Por muito tempo, optou-se por esta última alternativa; o resultado foi ruim. Os chefes bárbaros que conquistaram nossas nações bárbaras imaginaram primeiro amordaçar os povos por meio dos bispos. Estes, depois de terem

....
1. Foi em 1742 que Voltaire encontrou, em Aix-la-Chapelle, Frederico, que era rei fazia mais de dois anos. O príncipe em questão no *Fragmento* ainda não era rei por ocasião da suposta conversação. Assim, a data da entrevista de Frederico com Voltaire em Aix-la-Chapelle não indica em que época este excerto foi composto. Foi impresso, pela primeira vez, nas edições de 1775, tomo XXXVII, p. 306, com o título que lhe dei. Não creio que esse fragmento seja anterior a 1760; e, ao situá-lo nesse ano devo confessar que o faço sem autoridade, somente por indução. Essa peça não é a única que Voltaire produziu sob o nome de Bolingbroke; ver o *Exame importante*. (B.)

montado e chicoteado bem os súditos, fizeram o mesmo com os monarcas. Destronaram Luís, o Piedoso, ou o Tolo, pois só é possível destronar os tolos; formou-se um caos de absurdos, de fanatismo, de discórdias intestinas, de tirania e de sedição, que se estendeu por cem reinos. Façamos precisamente o contrário e teremos um efeito contrário. Notei, agregou ele, que um número muito grande de bons burgueses, de padres, de artesãos até, crêem tão pouco nas superstições quanto os confessores dos príncipes, os ministros de Estado e os médicos. Que ocorre, porém? Têm bom senso suficiente para perceber o absurdo de nossos dogmas e não são nem instruídos nem sábios o suficiente para ver mais além. O Deus que nos anunciam, dizem eles, é ridículo: portanto, não há Deus. Essa conclusão é tão absurda quanto os dogmas que lhes pregam e, com base nessa conclusão precipitada, entregam-se ao crime se uma bondade natural não os deter.

"Proponhamos a eles um Deus que não seja ridículo, que não seja desonrado por contos-da-carochinha, eles o adorarão sem rir e sem murmurar; temerão trair a consciência que Deus lhes deu. Têm um fundo de razão, e essa razão não se revoltará. Pois, afinal, embora seja loucura reconhecer outro soberano além do soberano da natureza, não é menos loucura negar a existência desse soberano. Embora haja alguns argumentadores cuja vaidade engana sua própria inteligência a ponto de lhe negar a inteligência universal, a grande maioria, ao ver os astros e os animais organizados, sempre reconhecerá a potência formadora dos astros e do homem. Em suma, o homem honesto submete-se com mais facilidade a curvar-se ante o Ser dos seres do que às ordens de um nativo de Meca ou de Belém. Será verdadeiramente religioso esmagando a superstição. Seu exemplo influenciará a populaça, e nem os padres nem os velhacos terão de ser temidos.

"Então não temerei mais nem a insolência de um Gregório VII, nem os venenos de um Alexandre VI, nem a faca dos Clemente, dos Ravaillac, dos Balthazar Gérard e de tantos outros covardes armados pelo fanatismo. Pensam que me será mais difícil fazer os alemães escutarem a razão do que foi para os príncipes chineses fazer florescer em suas terras uma religião pura, estabelecida entre todos os letrados faz mais de cinco mil anos?"

Respondi-lhe que nada era mais razoável e mais fácil, mas que ele não o faria porque ficaria assoberbado por outras preocupações assim que se instalasse no trono e porque, caso tentasse tornar seu povo razoável, os príncipes vizinhos não deixariam de armar a antiga demência de seu povo contra ele mesmo.

"Os príncipes chineses, disse-lhe eu, não tinham príncipes vizinhos para temer quando instituíram um culto digno de Deus e do homem. Estavam separados dos outros domínios por montanhas inacessíveis e por desertos. Só poderéis efetuar esse grande projeto quando tiverdes cem mil guerreiros vitoriosos sob vossas bandeiras e, quando assim for, duvido que o faças. Para tal projeto, seria preciso haver entusiasmo pela filosofia, e o filósofo raramente é entusiasta. Seria preciso amar o gênero humano, e temo que pensais que ele não merece ser amado. Contentar-vos-eis em pisotear o erro e deixareis os imbecis caírem de joelhos diante dele."

O que eu predisse aconteceu; o fruto ainda não está totalmente maduro para ser colhido.

FIM DO FRAGMENTO

Defesa de milorde Bolingbroke pelo doutor Goodnatur'd Wellwisher, capelão do conde de Chesterfield (1752[1])

E um dever defender a memória dos mortos ilustres: tomaremos, pois, em nossas mãos a causa do finado milorde Bolingbroke, insultado em alguns jornais por ocasião da publicação de suas excelentes cartas.

....

1. Nas edições de Kehl e em muitas outras, este texto foi impresso após o *Exame importante de milorde Bolingbroke*, como se as duas obras tivessem alguma relação.

Depois da morte de milorde Bolingbroke, ocorrida em 25 de novembro de 1751, enquanto Davi Mallet se ocupava de uma edição das *Obras* do lorde em inglês, Barbeu du Bourg fez uma tradução francesa de suas *Cartas sobre a história*, nas quais a autenticidade da Bíblia é atacada. J. Leland, P. Vhalley e outros escreveram contra o ultraje de Bolingbroke. Formey forneceu, para a *Nova biblioteca germânica*, tomo XI, p. 78, um excerto dos opúsculos de Zimmermann, teólogo de Zurique, e escolheu como tema a *Dissertação sobre a incredulidade*, a fim de ter a oportunidade de fazer uma investida contra os incrédulos. Frederico, rei da Prússia, designado nessa violenta investida, nem por isso descontinuou suas bondades a Formey, mas concedeu a Voltaire o privilégio da impressão de uma resposta, que Voltaire intitulou *Defesa de milorde Bolingbroke*. Essa *Defesa*, reeditada na *Bibliothèque raisonnée*, tomo L, p. 392, provocou escândalo; e Voltaire, que não pusera ali seu nome, optou por não reconhecê-la como sua. Eis o que se pode ler no tomo VII da *Bibliothèque impartiale*, na rubrica de la Haye: "Foi publicada aqui uma brochura de trinta e nove páginas in-8º, que chamou a atenção do público acostumado a acolher com solicitude tudo o que provém da pluma engenhosa à qual atribuem-na; seu título é: *Defesa de milorde Bolingbroke, por M. de Voltaire*, em Berlim, 1753. Embora as pessoas esclarecidas não possam se enganar, temos o cuidado de advertir que essa produção não é do autor cujo nome ela leva.

Diz-se nesses jornais que seu nome não pode ter autoridade em matéria de religião e de moral. Quanto à moral, aquele que forneceu ao admirável Pope todos os princípios de seu *Ensaio sobre o homem* é sem dúvida o maior mestre de sabedoria e de costumes que jamais existiu; quanto à religião, falou dela apenas como homem consumado em história e em filosofia. Teve a modéstia de se limitar à parte histórica, submetida ao exame de todos os estudiosos; e é de se crer que, se aqueles que escreveram contra ele com tanto amargor tivessem examinado com cuidado o que o ilustre inglês disse, o que podia ter dito e o que não disse, teriam poupado mais a sua memória.

Milorde Bolingbroke não entrava em discussões teológicas a respeito de Moisés; seguiremos seu exemplo ao fazer sua defesa.

Contentar-nos-emos em observar que a fé é o apoio mais seguro dos cristãos e que só a fé permite crer nas histórias relatadas no *Pentateuco*. Se fosse preciso citar esses livros exclusivamente no tribunal da razão, como terminar algum dia as disputas que suscitaram? A razão não é incapaz de explicar como a serpente falava outrora; como seduziu a mãe dos homens; como a asna de Balaan falava com seu dono e tantas outras coisas às quais nossos parcos conhecimentos não têm acesso? A massa prodigiosa de milagres que

....

Sabemo-lo diretamente dele e ele expressou o desejo de que o público fosse informado."

Nessa *Bibliothèque impartiale*, que Formey redigia, tampouco deixaram de admitir, tomo IX, p. 279, e tomo X, p. 353, *Comentários sobre a Defesa de milorde Bolingbroke, para servir de resposta a essa Defesa*; e nesses *Comentários* o autor da *Defesa* é sempre designado pelas iniciais M. DE V. Esses *Comentários sobre a Defesa de milorde Bolingbroke* são aqueles mencionados na Advertência de Beuchot colocada no início do *Século de Luís XIV*, tomo XIV, p. XI, n? V da nota 4. O texto da *Defesa*, tal como pode ser lido na *Bibliothèque raisonnée*, apresenta variantes curtas mas incisivas, que talvez a prudência ordenasse aos editores de Kehl suprimir. Mas o texto foi restabelecido, em 1822, na edição de M. Lequien.

se sucedem rapidamente uns aos outros não põem à prova a razão humana? Poderá ela compreender, quando for entregue às suas próprias luzes, que os sacerdotes dos deuses do Egito tenham operado os mesmos prodígios que Moisés, enviado do verdadeiro Deus; que tenham, por exemplo, convertido todas as águas do Egito em sangue, depois de Moisés ter feito essa mudança prodigiosa? E que física, que filosofia bastaria para explicar como aqueles sacerdotes egípcios puderam encontrar mais águas ainda para metamorfosear em sangue, quando Moisés já tinha feito essa metamorfose?

É certo que se só tivéssemos como guia a luz fraca e tremeluzente do entendimento humano haveria poucas páginas no *Pentateuco* que poderíamos admitir, segundo as regras estabelecidas pelos homens para julgar as coisas humanas. Aliás, todo mundo reconhece que é impossível conciliar a cronologia confusa que reina naquele livro; todo mundo reconhece que nele a geografia não é exata em várias passagens: os nomes das cidades, que no entanto só foram chamadas com aqueles nomes muito tempo depois, também causam lástima, apesar do tormento a que muitos se entregaram para explicar passagens tão difíceis.

Quando milorde Bolingbroke aplicou as regras de sua crítica ao livro do *Pentateuco* não teve a intenção de abalar os fundamentos da religião; e foi por isso que separou o dogmático do histórico, com uma circunspeção que deveria lhe valer um muito grande mérito junto àqueles que quiseram desacreditá-lo. Esse poderoso gênio eliminou seus adversários separando a fé da razão, que é a única maneira de terminar todas essas disputas. Muitos homens sábios antes dele e sobretudo o Pe. Simon[2] tiveram a mes-

....

2. Autor de *Histoire critique du Vieux Testament*, 1678, obra confiscada por ordem do conselho. Nela, Richard Simon atribui a escribas do tempo de Esdras a composição do *Pentateuco*.

ma opinião; disseram que pouco importava que o próprio Moisés tivesse escrito o *Gênesis* e o *Êxodo* ou que sacerdotes tivessem recolhido, em tempos posteriores, as tradições que Moisés deixara. Basta crer nesses livros com uma fé humilde e submissa, sem que se saiba precisamente quem é o autor que só Deus evidentemente inspirou, para confundir a razão.

Os adversários do grande homem cuja defesa tomamos aqui dizem "que está tão bem provado que Moisés é o autor do *Pentateuco* quanto que Homero fez a *Ilíada*". Permitam-nos responder que a comparação não é correta. Homero não cita na *Ilíada* nenhum fato que tenha ocorrido muito tempo depois dele. Homero não dá a cidades, a províncias, nomes que elas não tinham em seu tempo. Fica portanto claro que, se nos ativéssemos apenas às regras da crítica profana, teríamos o direito de presumir que Homero é o autor da *Ilíada*, mas não que Moisés seja o autor do *Pentateuco*. A submissão exclusiva à religião resolve todas essas dificuldades; e não vejo por que milorde Bolingbroke, submetido a essa religião como qualquer outro, foi tão violentamente atacado.

Simulam deplorar que ele não tenha lido Abbadie[3]. A quem é dirigida essa censura? A um homem que leu quase tudo; a um homem que o cita[4]. Ele desprezava muito Abbadie, concordo; e admito que Abbadie não era um gênio que pudesse ser posto em pé de igualdade com o visconde de Bolingbroke. Por vezes defende a verdade com as armas da mentira; teve sobre a Trindade opiniões que julgamos errôneas e, finalmente, morreu demente em Dublin.

....

3. Autor da *Verité de la religion chrétienne*. Esse teólogo protestante morreu em 1727 em Londres, segundo alguns, em Dublin, segundo Voltaire.

4. Página 94 do tomo I de suas *Cartas*; em Londres, por Miller. (*Nota de Voltaire.*)

Censuram lorde Bolingbroke por não ter lido o livro do abade Houteville, intitulado *La Vérité de la religion chrétienne prouvée par les faits.* Conhecemos o abade Houteville. Viveu por muito tempo na casa de um coletor de impostos que tinha um serralho muito bonito; foi em seguida secretário do famoso cardeal Dubois, que nunca quis receber os últimos sacramentos e cuja vida foi pública. Dedicou seu livro ao cardeal d'Auvergne, abade de Cluny, *propter Clunes.* Riu-se muito em Paris, onde eu estava então (em 1722), do livro e da dedicatória; e sabe-se que as objeções que constam naquele livro, contra a religião cristã, por serem infelizmente bem mais fortes que as respostas, causaram uma impressão funesta cujos efeitos ainda vemos todos os dias com dor.

Milorde Bolingbroke afirma que há muito tempo o cristianismo entrou em decadência. Seus adversários também não o reconhecem? Não se queixam disso todos os dias? Tomaremos aqui a liberdade de lhes dizer, para o bem da causa comum e para o seu próprio bem, que não será jamais por meio de invectivas, por meio de modos de falar cheios de desprezo, somados a razões muito ruins, que se acalmará o espírito daqueles que têm a desdita de serem incrédulos. As injúrias revoltam todo o mundo e não convencem ninguém. Fazem-se com muita ligeireza recriminações de deboche e de má conduta a filósofos que se deveriam apenas censurar por terem se extraviado em suas opiniões.

Por exemplo, os adversários de milorde Bolingbroke chamam-no de debochado porque ele comunica a milorde Cornsbury seus pensamentos sobre a história.

Não vemos que relação essa acusação possa ter com seu livro. Um homem que do fundo de um serralho escrevesse a favor do concubinato, um usurário que fizesse um livro a favor da usura, um Apício que escrevesse sobre a boa mesa, um tirano ou um rebelde que escrevesse contra as leis: tais homens mereceriam sem dúvida a acusação de que seus costumes ditaram seus escritos. Mas um homem de Estado tal como milorde Bolingbroke, que vivia num retiro filosófico e que pôs sua imensa literatura a serviço do cultivo do espírito de um senhor digno de ser instruído por ele, certamente não merecia que homens que assumem ares de decência imputassem a seus deboches passados obras que eram fruto tão-só de uma razão esclarecida por profundos estudos.

Em que caso está permitido censurar um homem pelas desordens de sua vida? Exclusivamente no caso em que seus costumes desmintam o que ele ensina. Deveriam ter comparado os sermões de um famoso pregador de nosso tempo com os roubos que cometeu contra milorde Galloway[5] e com suas intrigas galantes. Seria possível comparar os sermões do célebre cura dos Invalides[6] e de Fantin[7], cura de Versalhes, com os processos que sofreram por terem seduzido e roubado seus penitentes. Seria possível comparar os costumes de tantos papas e bispos com a religião que defendiam a ferro e fogo; podiam se pôr, de um lado, suas rapinas, seus bastardos, seus assassinatos e, do outro, suas bulas e seus mandamentos. É nessas ocasiões que estamos autorizados a faltar com a caridade que nos ordena esconder as faltas de nossos irmãos. Mas quem disse ao detrator de milorde Bolingbroke que ele gostava de vinho e moças? E, caso gostasse deles, caso tivesse tido tantas concubinas quanto Davi, Salomão, ou o Grande Turco, isso permitiria conhecer melhor o verdadeiro autor do *Pentateuco*?

....

5. Milorde Galloway, outrora conde de Ruvigny, nasceu francês e tornou-se par da Inglaterra; ver, tomo XIV, o capítulo XXI do *Siècle de Louis XIV*.
6. Ele se chamava La Chetardie.
7. Sobre Fantin, ver, tomo IX, uma das notas do canto XVIII de *la Pucelle*.

Concordamos que há um excesso de deístas. Gememos ao ver que a Europa está repleta deles. Estão na magistratura, nos exércitos, na Igreja, junto ao trono e sobre o próprio trono. Sobretudo a literatura está inundada deles; as academias estão cheias. Pode-se dizer que seja o espírito de deboche, de licença, de abandono às paixões que os reúne? Ousaremos falar deles com um desprezo afetado? Se os desprezassem tanto, escreveriam contra eles com menos fel; mas nosso grande temor é que esse fel, real demais, e esses ares de desprezo, tão falsos, tenham um efeito contrário àquele que um zelo doce e caridoso, sustentado por uma doutrina sadia e por uma verdadeira filosofia poderia produzir.

Por que trataríamos mais duramente os deístas, que não são idólatras, que os papistas, cuja idolatria tanto recriminamos? Um jesuíta que dissesse hoje que é a libertinagem que faz protestantes seria vaiado. Ririam de um protestante que dissesse que é a depravação dos costumes que faz ir à missa. Com que direito, pois, podemos dizer a filósofos adoradores de um Deus, que não vão nem à missa nem à pregação, que são homens perdidos de vícios?

Vez por outra ousam atacar com invectivas indecentes pessoas que, na verdade, têm a infelicidade de se enganar, mas cuja vida poderia servir de exemplo para aqueles que as atacam. Vimos jornalistas levarem a imprudência até o ponto de se referir injuriosamente às pessoas mais respeitáveis e mais poderosas da Europa. Não faz muito tempo que, num jornal público, um homem, levado por um zelo indiscreto[8] ou por algum outro motivo, fez um estranho ataque àqueles que pensam que "leis sábias, a disciplina mili-

....
8. Trata-se de Formey, que, tomo XI da *Nova biblioteca germânica*, p. 78, num artigo sobre as *Obras de Zimmermann*, fizera um ataque indecente contra a incredulidade e os incrédulos. (B.)

tar, um governo eqüitativo e exemplos virtuosos podem bastar para governar os homens, deixando para Deus a preocupação de governar as consciências".

Um homem muito importante[9] era mencionado nesse periódico em termos bem pouco medidos. Poderia ter-se vingado como homem; poderia ter punido como príncipe; respondeu como filósofo: "Esses miseráveis têm de estar bem persuadidos de nossas virtudes e sobretudo de nossa indulgência, já que nos ultrajam sem medo com tanta brutalidade."

Essa é uma resposta que deve confundir o autor, seja ele quem for, que, combatendo pela causa do cristianismo, empregou armas tão odiosas. Conjuramos nossos irmãos a se fazerem amar para fazer amar nossa religião.

Que podem, com efeito, pensar um príncipe dedicado, um magistrado entrado em anos, um filósofo que tenha passado seus dias em seu gabinete, em suma, todos aqueles que tiveram a infelicidade de abraçar o deísmo pelas ilusões de uma sabedoria enganosa, quando vêem tantos escritos em que são chamados de desmiolados, de janotas, de gente de boas palavras e maus costumes? Cuidemos de que o desprezo e a indignação que semelhantes escritos lhe inspiram não os fortaleçam em suas opiniões.

Agreguemos um novo motivo a essas considerações: essa multidão de deístas que cobre a Europa está bem mais disposta a receber nossas verdades do que a adotar os dogmas da comunhão romana. Todos eles reconhecem que nossa religião é mais sensata que a dos papistas. Não os afastemos, nós que somos os únicos capazes de trazê-los de volta; eles adoram um Deus e nós também; eles ensinam a virtude e nós também. Eles querem que estejamos submeti-

....

9. O rei da Prússia Frederico, o Grande.

dos aos poderes, que todos os homens sejam tratados como irmãos; nós pensamos o mesmo, partimos dos mesmos princípios. Ajamos, pois, com eles, como pais que têm nas mãos os títulos da família e que os mostram àqueles que, descendentes da mesma origem, só sabem que têm o mesmo pai, mas não têm os papéis da casa.

O deísta é um homem da religião de Adão, de Sem, de Noé. Até aí, concorda conosco. Digamos-lhe: Tendes apenas um passo a dar da religião de Noé aos preceitos dados a Abraão. Depois da religião de Abraão, passai à de Moisés, à do Messias; e, quando tiverdes visto que a religião do Messias foi corrompida, escolhereis entre Wiclef, Lutero, João Hus, Calvino, Melanchton, Ecolampadio, Zwinglio, Storck, Parker, Servet, Socin, Fox e outros reformadores: dessa forma tereis um fio para vos guiar nesse grande labirinto, desde a criação da Terra até o ano de 1752. Se nos responder que leu todos esses grandes homens e que prefere ser da religião de Sócrates, de Platão, de Trajano, de Marco Aurélio, de Cícero, de Plínio etc., lamentaremos por ele, rogaremos a Deus que o ilumine e não o injuriaremos. Não injuriamos os muçulmanos, os discípulos de Confúcio. Não injuriamos nem mesmo os judeus, que fizeram morrer nosso Deus pelo último suplício; ao contrário, comerciamos com eles, concedemos a eles os maiores privilégios. Portanto, não temos nenhuma razão para esbravejar com tanto furor contra aqueles que adoram um Deus, como os muçulmanos, os chineses, os judeus e nós, e que reconhecem nossa teologia tanto quanto essas nações a reconhecem.

Entendemos muito bem que tenha havido terríveis protestos no tempo em que, por um lado, vendiam-se indulgências e benefícios e, por outro, desapossavam bispos de seus bens e forçavam as portas dos claustros. O fel corria então com o sangue: tratava-se de conservar ou destruir usurpações; mas não vemos como milorde Bolingbroke, ou milorde Shaftesbury, ou o ilustre Pope, que imortalizou os princípios de ambos, possam ter querido tocar na pensão de algum ministro do sagrado Evangelho. Jurieu de fato tirou uma pensão de Bayle; mas o ilustre Bayle jamais pensou em mandar diminuir os vencimentos de Jurieu. Fiquemos, pois, descansados. Preguemos uma moral tão pura quanto a dos filósofos, adoradores de um Deus, e que, concordando conosco no tocante a esse grande princípio, ensinam as mesmas virtudes que nós, sobre as quais ninguém discute; mas que não ensinam os mesmos dogmas, sobre os quais se discute faz dezessete séculos e sobre os quais se continuará a discutir.

FIM DA DEFESA ETC.

Impressão e acabamento
Rua Uhland, 307 - Vila Ema
03283-000 - São Paulo - SP
Tel/Fax: (011) 6104-1176
Email: adm@cromosete.com.br